La nuit du concert

M.E. Kerr

La nuit
du concert

Traduit de l'américain par Claire Devarrieux

Majeur
l'école des loisirs
11, rue de Sèvres, Paris 6e

© 1989, l'école des loisirs, Paris, pour l'édition en langue française
© 1986, M. E. Kerr
Titre original : « Night Kites » (Harper & Row, New York)
Composition : Sereg, Paris (Bembo 13/17)
Loi n° 49956 du 16 juillet 1949 sur les publications
destinées à la jeunesse : mars 1989
Dépôt légal : mars 1989
Imprimé en France par Hérissey - Évreux. N° 47922

Chapitre 1

«Nicki, pour moi, c'est vraiment important», a dit Jack. Il a attendu, pour voir si j'allais dire quelque chose. Mais non.

Il a dit: «Elle dit que je ressemble à Sting.

– Oui, enfin, tu pourrais être son fils.

– Je ne pense jamais que les rock stars puissent avoir des fils de mon âge. Ils font tous plus ou moins dix-neuf ans.»

L'âge de Jack c'était le mien, dix-sept ans. Il était blond comme Sting, il avait des yeux verts comme lui, mais il avait un gros nez que Sting n'avait pas. Il en était conscient, et je trouvais que c'était bien de la part de Nicki de lui avoir dit ça.

Nicki était une blonde aux yeux verts, elle aussi, et elle avait notre âge.

Mais les dix-sept ans de Nicki en valaient bien vingt-cinq.

La seule chose de vraiment jeune, chez Nicki, c'était sa passion pour les chanteurs de rock, Sting et autres. Durant presque tout le lycée, elle était sortie avec Walter Ruski, plus connu dans la région sous le nom de Ski. Il n'allait pas au lycée. Il était plus vieux. Il était ce que nous avions de plus proche d'un Hell's Angel, à Seaville, Etat de New York. Il était crasseux, mais beau. Très beau. C'était le genre arsenal punk et Kawasaki. Il portait un tas de croix autour du cou, une bague de chevalier de la mort, et il avait des cheveux noirs, il était toujours en noir, bottes de motard noires, bracelets cloutés... Je pouvais imaginer qu'une fille craque pour Ski. C'était un héros de la nuit, comme on en voit plein dans les clips vidéo.

Donc, Jack et moi, nous avions cette conversation, au début du mois de septembre, dans les gradins, au stade du lycée de Seaville.

En bas sur le terrain, on était en train de sélectionner de nouvelles pom-pom girls. Ma copine, Dill, en faisait partie depuis l'année précédente, mais Nicki était parmi les candidates.

Je ne pensais pas que Nicki réussirait. Ce n'était même pas elle qui avait eu l'idée de se présenter, c'était Jack. Si j'avais été Jack, je ne lui aurais pas dit de le faire. Elle était tout à fait capable de sauter aussi haut que les autres filles, de crier aussi fort, et elle présentait bien. Elle présentait vraiment bien… Mais je connaissais les sentiments des autres à l'égard de Nicki Marr. Il n'y avait aucune chance, à mon avis, pour qu'elles lui permettent d'être des leurs.

«Est-ce que tu l'aimes bien, Erick? a fini par me demander Jack. Elle croit que tu ne l'aimes pas.

– Dis-lui que je l'aime beaucoup.

– J'espère que tu le penses.

– Oui», lui ai-je répondu. Que pouvais-je dire? C'était déjà trop tard.

«Ça n'a pas été facile pour elle», a dit Jack.

Je ne connaissais pas toute l'histoire. Je savais que la mère de Nicki était morte quelques années auparavant. Elle tenait un petit magasin de vêtements d'occasion pour femmes appelé la Boutique d'Annabel, qui dépendait du Royaume-près-de-la-mer, sur les dunes, en dehors de Seaville. Le Royaume-près-de-la-mer avait été en son temps un grand centre du tourisme estival. C'était un motel qui ressemblait à un château, avec des tours, des dômes et même un pont-levis. Le père de Nicki en était le propriétaire; tout le monde l'appelait le Capitaine, parce que l'endroit avait un vague air nautique. Mais ces dernières années, on avait décrété que c'était une horreur. Plus il rentrait de

11

l'argent à Seaville, moins les gens avaient envie de ce genre de cirque aux abords de la municipalité. Alors il y avait toutes sortes de pétitions qui circulaient, les affaires périclitaient, la peinture commençait à s'écailler ; on aurait dit un vieux parc d'attractions en perte de vitesse... C'est là que vivait Nicki.

Jack était mon meilleur ami depuis l'école maternelle. Nous habitions la même rue. Nous avions les mêmes goûts. Nous portions les mêmes vêtements, cet après-midi-là, nous avions tous les deux des jeans 501, des débardeurs, des Nikes. Nous avions l'air de sortir du même moule.

Il y avait plein de différences, physiques et familiales. J'étais rouquin comme tous les Rudd mâles. (Je ressemblais à mon frère aîné, Pete, assez pour être son jumeau, même si nous avions dix ans d'écart.) Je n'ai jamais été un athlète comme Jack. J'étais trop léger pour le football, contrairement à Jack, et, contrairement à Jack, trop petit pour le basket. Mon sport, c'était le tennis, le golf, la voile. Jack pratiquait tout cela aussi bien, cependant la famille Case ne faisait pas partie du Hadefield Club, et Jack n'avait pas de bateau (il n'en avait pas besoin du moment que j'en avais un ; tout ce qui était à moi était à lui).

Le père de Jack, électricien, habitait et travaillait à Seaville. Le mien, c'était Wall Street, il avait un appartement à New York City et en principe, il n'était à la maison que le week-end.

Mais jusqu'à ce que Nicki entre dans la vie de Jack, les différences entre nous n'en étaient pas. Nous étions comme les doigts d'une main. Même si Jack n'avait pas une copine fixe, tandis que moi je ne sortais qu'avec Dill, nos rendez-vous à quatre étaient sans problème. Nous n'avions jamais à nous demander comment les filles allaient s'entendre. Elles s'entendaient bien, c'est tout.

J'avais travaillé presque tout l'été à New York, comme coursier pour Rudd et Lundgren, la société de mon père. Quand je suis revenu à Seaville pour la rentrée scolaire, Dill m'a appris que Jack et Nicki se voyaient. Pour Dill aussi, c'était une sacrée nouvelle. Elle avait travaillé au Catskill comme serveuse, afin de gagner de l'argent pour payer l'université, après la terminale.

J'ai dit : «Ce pauvre Jack, Nicki va le transformer en serpillière.

– On sait bien pourquoi il sort avec elle, non ?» a dit Dill.

Après Ski, il y avait eu Bucky Moon, puis T.X. Hoyle, deux types joliment louches, non sans charme, assez classe, mais quand ils confondaient la rue et l'autoroute, vous aviez intérêt à monter sur le trottoir pour leur laisser toute la place.

Un soir, juste après le Jour du travail*, Jack nous avait demandé de venir avec lui et Nicki. Ils allaient voir un film de Stephen King; après, ils iraient au drive-in de Dunn.

En société, Nicki avait une technique bien à elle: elle ignorait Dill purement et simplement. Dill s'adressait à Nicki, et prononçait son nom au commencement et à la fin de chaque phrase, pour qu'elle ne se sente pas exclue. Elle lui faisait des compliments sur ses vêtements. Nicki ressemblait toujours à une photo de mode quand elle quittait le misérable Royaume-près-de-la-mer. Dill disait qu'elle portait tous les vêtements haute couture de la Boutique d'Annabel, que la tante de Nicki avait reprise à la mort de sa mère.

Nicki me regardait sans tenir aucun compte de Dill. Elle avait passé la soirée à nous dévisager, Jack et moi. Elle flirtait avec nous deux, comme si nous étions tous les deux ses copains. Il n'était pas difficile de comprendre pourquoi Nicki n'avait pas d'amie fille au lycée de Seaville. Nicki ne frayait pas avec les personnes de son sexe.

* Labour Day: 5 septembre.

Elle pouvait vous faire un numéro de séduction rien qu'en vous passant une fourchette en plastique. Ses doigts rencontraient les vôtres et, en même temps que ses yeux, vous caressaient. Cela avait été comme ça toute la soirée.

Après Dunn, nous avions entrepris de nous entasser dans la vieille Mustang de Jack. Dill s'était déjà glissée à l'arrière. Il fallait que je monte devant avec Jack; je devais sauter acheter de la nourriture pour chiens.

«Tu vois, je ne voyage jamais à l'arrière quand je peux être devant», a dit Nicki.

Elle a fait le trajet à l'avant, entre Jack et moi.

Sa jambe pressait la mienne, et pourtant il y avait de la place. Chaque fois qu'elle disait quelque chose, elle touchait mon genou avec sa main.

Elle a parlé de Sting.

Elle disait: «Jack lui ressemble, tu ne trouves pas, Erick?» Main sur mon bras, cette fois, s'y attardant. Elle disait: «Jack, tu crois que tu pourrais écrire une chanson comme *Every Breath You Take,* ou *Every Little Thing She Does Is Magic?*»

Je sentais la pression de ses doigts. Je sentais son parfum.

Jack riait.

Cet après-midi de septembre, quand les pom-pom girls ont eu fini leurs exercices, Nicki et Dill sont venues nous chercher dans les gradins. Elles ne sont pas montées ensemble. Nicki était devant, Dill traînait derrière.

J'adorais comme était Dill. Elle avait un style à la fois doux et rugueux. Elle était jolie, mais elle était aussi garçon manqué. Elle avait une bonne tête : de grandes dents blanches, un bronzage qui tenait toujours après l'été, des cheveux noirs, raides, qu'elle aimait porter très courts et coiffés en arrière, presque comme une coupe de garçon. Ce jour-là, elle avait aux oreilles les anneaux que je lui avais donnés pour son anniversaire. Elle n'avait pas la silhouette féminine de Nicki – elle n'avait pratiquement pas de seins. Elle avait une manière timide de parler en coin, comme si elle devait se faufiler dans la conversation. Mais Dill n'était pas vraiment timide. Elle était plus innocente que timide. J'étais son premier vrai petit ami.

«Regarde-la, a dit Jack en désignant Nicki. Non, mais regarde-la!»

J'ai regardé. Regarder Nicki, c'était ce qu'on faisait. On *regardait*.

Je crois que je n'avais jamais vu Nicki en pantalon, pas même lorsqu'elle était derrière Ski, sur la moto. Elle n'en portait jamais, c'est tout. Dill aussi était en jupe ce jour-là, le costume pom-pom, une jupe très courte, marron, et un sweater blanc.

Mais Dill, d'habitude, portait des jeans Guess? ou des pantalons en velours. Nicki portait des ensembles, des déguisements : ce jour-là, une espèce de T-shirt bleu marine qui lui arrivait au genou, avec des chaussettes jaune fluo et des spartiates. Vous ne vous attendiez pas à ce qu'une fille aussi mince remplisse un sac de cette façon. Vous attendiez les longues jambes fines, et elle avait de très longs cheveux blonds, le genre soyeux, lumineux, qui retombe sur un œil.

Nicki était toujours en train de les rejeter en arrière pour vous regarder de ses yeux vert clair, comme si elle vous jaugeait, comme si elle vous disait qu'elle pouvait vous manipuler, qui que vous soyez. Il me semblait qu'un sourcil était toujours un peu haussé, comme si elle vous interrogeait silencieusement. Ne demandez pas sur quoi.

Jack devait lire dans mes pensées, car il a dit : «Ce n'est pas seulement son allure.»

«En fait…» ai-je dit. Je ne savais pas quoi dire. L'idée que mon vieux copain s'emballe autant pour quelqu'un, c'était entièrement nouveau pour moi. Ni Jack ni moi n'étions des champions avec les filles

17

– aucun d'entre nous n'était encore allé jusqu'au bout. Mais Jack était celui à qui il fallait toujours arracher un rendez-vous. Papa appelait Jack Neandertal. Il y avait un côté maladroit, ours, chez Jack. Il ne savait même pas danser.

Nicki était là à nous sourire, tenant le bras de Jack d'une main, de l'autre jouant avec ses doigts.

«Comment ça s'est passé? a dit Jack. Tu es pom-pom girl?

– Je ne sais pas encore, a dit Nicki. Ça m'est un peu égal.»

Je me suis dit: c'est tout ce que Dill a besoin d'entendre. Dill était une fanatique, elle se serait enfuie de chez elle si elle n'avait pas été prise aux pom-poms girls.

«On vote ce soir», a dit Dill.

Nicki m'a regardé bien en face. «Et toi, Erick, tu voterais pour moi ce soir?»

Oui, je voterais pour elle. Peut-être pas pour pom-pom girl.

On a tous ri, sauf Dill.

Chapitre 2

Un jour mon frère, Pete, m'a fait un cerf-volant de nuit. Bien sûr, disait-il, les cerfs-volants, en général, ça marche le jour, mais il y en a qui montent dans le noir. Il a fabriqué le cerf-volant lui-même. Il a mis dessus des petites lampes, et assis sur le sable, en bas du Hadefield Club, nous avons regardé la silhouette en forme de diamant vaciller au-dessus de l'océan, avec sa traîne phosphorescente qui brillait sous les étoiles.

Il y avait le bruit des vagues et l'odeur salée dans l'air mouillé. J'avais cinq ans et Pete quinze.

J'ai dit que peut-être le cerf-volant allait avoir peur dans le noir. Pete a dit que les cerfs-volants de nuit sont différents, ils ne pensent pas qu'il fait noir. Ils montent d'eux-mêmes, tout seuls, a dit Pete, et ils n'ont pas peur d'être différents. Il y a des gens qui sont différents, aussi, a ajouté Pete.

J'ai dit: «Pete, je ne comprends jamais les histoires drôles de Papa.»

Nous avions laissé les parents à table dans la salle

à manger du Hadefield Club, avec Grand-père et Grand-mère Rudd. Ils étaient venus nous voir de Pennsylvanie, et Grand-père faisait son numéro habituel, il pestait contre la nourriture et la façon dont les gens étaient habillés («il y a ici des hommes sans cravate – je suis surpris»), il critiquait aussi tout ce que Papa disait de son travail… Papa faisait comme toujours en pareil cas: il se mettait à raconter des histoires drôles.

Pete et moi avions liquidé nos steaks quand ils en étaient encore à attaquer les homards. Papa racontait une histoire après l'autre. Pete s'esclaffait, ça sonnait faux. Je me tortillais sur ma chaise, j'ingurgitais des sodas, et je montrais à Pete comment faire des oreilles de lapin avec sa serviette.

«Tu as dit que tu avais quelque chose à montrer à Erick quand il ferait nuit, a dit Papa à Pete. Il fait nuit.»

Nous nous sommes excusés, nous sommes allés chercher le cerf-volant dans la voiture, et nous sommes descendus sur la plage.

«Quelle histoire tu n'as pas comprise? m'a demandé Pete. Tu as compris celle du type qui achète un stock de parapluies dans une compagnie, et après la compagnie se replie?

– Celle-là, j'ai compris. Mais pas celle de l'arbri… l'arbri…

– L'arbitre qui croyait en la réincarnation, et voulait revenir sur terre sous la forme d'une garantie à vie, a dit Pete. C'est trop compliqué à expliquer, et ce n'est pas très drôle. Ce qui est important, c'est de savoir pourquoi Papa raconte ces histoires.

– Pourquoi il fait ça ?

– Parce qu'il est nerveux. Parce que Papa ne sait pas s'y prendre avec Grand-père. Papa devrait dire à Grand-père : *Je t'ai amené ici parce que je pensais que cela te plairait, et si ce n'est pas le cas je suis désolé,* et il devrait dire à Grand-père de ne pas se mêler de ses affaires. Grand-père n'y connaît rien en investissements. Mais Grand-père embête Papa, alors Papa raconte des histoires drôles. Il ne sait pas parler.

– A nous, il nous parle.

– Même avec nous, il donne surtout des conseils, ou des ordres. Sois rentré pour onze heures, mets une cravate, va chez le coiffeur, as-tu sorti la poubelle, as-tu fait tes devoirs ? Ce n'est pas vraiment parler, Ricky. Maman parle, mais Papa ne sait pas.

– Et moi, je sais ?

21

– C'est ce qu'on est en train de faire. On parle du fait d'avoir peur, on parle des gens qui sont différents, et on parle de ne pas avoir peur d'être différent… Regarde ce cerf-volant qui danse, là-haut! A mon avis, il aime l'obscurité.»

Je n'en étais pas si sûr. Il y avait quelque chose de légèrement surnaturel dans ce cerf-volant de nuit. Mais j'ai toujours été du genre prudent, circonspect – le dernier dans l'eau.

Pete était un fan de *Star Trek* quand il était plus petit. Il était à l'affût de toutes les réunions Trekkie à New York. Son personnage préféré dans le feuilleton était M. Spock, le Vulcain avec les oreilles pointues et pas d'émotions, joué par Léonard Nimoy.

Pete connaissait tous les épisodes. Celui qu'il préférait, c'était celui qui s'appelait *Le monde à l'envers*. Ça parlait d'un univers inversé, avec des étoiles noires qui brillaient dans un ciel blanc, et des gens qui naissaient vieux et mouraient jeunes.

Pete m'a emmené voir une reprise, une fois, à peu près à l'époque du cerf-volant de nuit. Ça m'a terrifié de voir l'équipage de l'Entreprise qui se transformait en enfants, perdait son savoir et ses facultés spatiales. Pete n'arrivait pas à croire que j'avais vraiment peur, mais là était notre grande différence – Pete, c'était le casse-cou, l'aventurier. Mon personnage préféré dans le feuilleton était le héros de tout le monde, Capitaine Kirk. Je n'ai jamais aimé ce qui est trop exotique, ou excentrique.

Malgré mes efforts pour ressembler à Pete, je me suis toujours débrouillé pour ressembler à Papa. Je sentais bien qu'il avait toujours désespérément voulu s'adapter. Il était entré dans une famille où il y avait de l'argent, une vieille famille, pas des nouveaux riches. Du côté de Maman ils étaient quasiment les fondateurs de Seaville. Papa avait passé des années à essayer de prouver qu'il était assez bien pour être l'un d'eux… plus toute sa vie à essayer de persuader Grand-père qu'il était tout sauf un raté. Je me mettais à la place de Papa, même quand j'étais petit, et j'ai dit à Pete, cette nuit-là sur la plage : « Papa croit que les gens ne l'aiment pas. »

Grâce au clair de lune, je voyais les taches de rousseur de Pete, et sa bouche avec un petit sourire. « Tu sais ça sur Papa, hein ? C'est bien, mon petit gars ! a dit Pete.

– C'est pour ça que Papa dit toujours la famille d'abord. La famille vous aime toujours. »

Pete a rigolé et m'a ébouriffé les cheveux. Papa disait toujours ça, la famille d'abord. J'aimais bien

23

l'entendre. Je connaissais trop d'enfants dont les parents se séparaient. J'aimais ce sentiment que rien de ce genre ne nous arriverait jamais. «Vous, les garçons, faites toutes les frasques que vous voulez avant de vous marier, nous disait Papa; quand les Rudd se marient, c'est pour la vie!»

Nous avons tourné autour de cette idée que Papa ne savait pas parler, et de quelques autres: Maman était la personne à tenter si vous ne vouliez pas aller dans la direction que Papa vous indiquait. Papa, c'était celui qui avait du bon sens – aller le voir pour un conseil pratique. Compter sur le cœur de Maman. Compter sur le cerveau de Papa.

Nous avons clos le débat comme d'habitude, avec Pete qui me disait de me faire ma propre opinion sur les gens.

«Ne me laisse jamais t'influencer. Ne laisse jamais personne te dire comment tu dois penser… Mais essaie de ne pas être trop dur avec les gens.»

J'ai dit: «La vie est dure et puis tu meurs.» Pete avait un T-shirt où c'était marqué.

«Ouais, a dit Pete.

– Tu aimerais mieux être un cerf-volant de nuit ou un cerf-volant de jour? lui ai-je demandé.

– Oh, je suis un cerf-volant de nuit.»

J'ai opté pour le modèle courant.

J'imaginais plutôt Nicki Marr en cerf-volant de nuit. Non seulement ça lui était égal, apparemment, d'être différente des autres filles, mais on aurait dit qu'elle faisait tout pour ça.

Le mardi et le jeudi, je travaillais à la librairie de Seaville, de cinq heures à neuf heures du soir. Le magasin était en plein centre, dans la rue principale, à côté des cinémas, si bien que nous avions beaucoup de clients à l'entrée et à la sortie des salles I, II et III.

Le jour de la sélection des pom-pom girls était un mardi, et après je suis allé travailler. Quand je suis sorti de la librairie, Nicki était là. La soirée était exceptionnellement chaude, comme l'avait été la journée, et l'on se serait cru davantage en été qu'en automne. Il y avait plein de gens qui se promenaient. Par des soirées comme celle-là, nous faisions toujours des affaires.

«Je suis venue te chercher, a dit Nicki. Je dors en ville, cette nuit, chez ma tante. Papa a l'association des anciens combattants au Royaume, il ne veut pas de moi dans les parages.»

Nicki était tous les jours habillée comme Dill dans les grandes occasions. Elle avait une chemise d'homme noire sur un débardeur blanc, et une jupe rayée noir et blanc. Elle était de ces filles qui fument dans la rue, le comble de l'abomination pour ma mère.

«Jack est resté chez lui, il prépare l'interro de français pour demain», a-t-elle dit. «Je devrais en faire autant, mais j'ai la flemme. Je viens de parler à Dill, elle travaille, évidemment. Pour toi ce n'est pas la peine, si? Tu es un peu la star, en français?» Elle me souriait. J'en étais encore à essayer de me faire à l'idée qu'elle était venue au magasin pour moi.

Puis elle a pris mon bras et elle a dit: «Pourquoi on n'irait pas faire un tour?» Personne ne me prenait jamais le bras, sauf ma mère quelquefois à l'église Saint-Luc, en remontant ou en descendant l'allée, et ça m'énervait d'arrondir le coude, de marcher comme ça. Avec Dill, on se tenait par la main. Il y avait un côté presque solennel à se promener avec quelqu'un à son bras.

Nicki était parfaitement à l'aise. Nous avons commencé à remonter la rue, nous sommes passés devant les cinémas et la Maison de la presse.

«Comment ça se fait que tu aies parlé à Dill? lui ai-je demandé.

– Elle m'a appelée pour me dire que je n'étais pas sélectionnée.»

J'étais en train de chercher un mot de consolation quand Nicki s'est mise à rire. «Je me suis dit qu'on allait fêter ça. Tu peux m'offrir un Coca chez Sweet Mouth.»

J'ai dit d'accord. J'ai dit: «Pourquoi tu t'es présentée aux pom-pom girls si tu n'en avais pas vraiment envie?

— Tu sais bien pourquoi. C'est Jack qui a voulu. Jack veut que je fasse partie de tout ça. Il en fait partie, alors je suppose que je devrais essayer d'en faire partie.»

Je me disais: moi aussi j'en fais partie. Est-ce qu'elle ne savait pas ça? Jack, Dill et moi, nous étions membres du club, membres actifs, section lycéenne du Tout-Seaville.

«Jack sait que tu t'es arrangée pour venir me chercher? ai-je demandé.

— Moi, je me suis arrangée pour venir te chercher?» Elle s'est cognée légèrement contre moi, exprès, et elle s'est mise à rire, comme si la partie de la phrase «venir te chercher» était à double sens.

Elle me faisait un peu de peine. Je me rappelais ce que Pete m'avait dit, que Papa racontait des histoires drôles quand il était nerveux. Peut-être que Nicki flirtait quand elle était nerveuse.

Quand nous sommes arrivés à Sweet Mouth, je me suis effacé pour la laisser entrer. C'était plein.

C'était une soirée à venir traîner. Toutes les têtes se sont retournées quand nous avons passé la porte, et puis se sont retournées encore pour un deuxième examen.

Je connaissais la plupart des gens qui étaient là. J'ai dit bonjour, salut, comment va, tout du long jusqu'à la table pour deux. Nicki n'a salué personne. Elle n'a pas décroché de mon bras avant qu'on soit arrivés à la table.

Roman Knight était là. C'était le m'as-tu-vu de la terminale, facilement le type le plus riche de l'école, et le plus chic, aussi. Le père était un impresario international. Le fils était le genre qui passe l'été dans la propriété de la famille, au sud de la France.

« Sa-*lut Nicki !* » a-t-il crié, mais il ne s'adressait pas vraiment à Nicki. Il faisait son cirque pour épater la galerie, ajoutant, pour ceux qui étaient avec lui, d'autres blagues. Je savais lesquelles. Elle semblait les attirer. Elle semblait même les apprécier, quand elle était avec Ski sur la moto, et qu'elle rejetait en arrière ses longs cheveux, un doigt en l'air pour qu'ils aillent tous se faire voir.

« Roman Knight est un porc », a-t-elle dit quand nous nous sommes assis.

Elle est allée pêcher un briquet Bic dans sa

poche et l'a posé sur la table. Puis elle a mis entre ses lèvres une Merit 100.

J'ai saisi l'allusion et j'ai allumé sa cigarette.

Elle fumait sans les mains.

«Tu sais pourquoi il s'appelle Roman? lui ai-je demandé.

– Je me fiche de savoir où ce sac poubelle a trouvé son nom», a-t-elle dit.

Je le lui ai dit quand même, ça faisait toujours un sujet de conversation. Je commençais à me sentir piégé: de quoi allais-je bien pouvoir lui parler?

«Roman est censé avoit été conçu une nuit à Rome, après beaucoup de champagne, ai-je dit.

– Tu vois, Roman Knight ne m'intéresse pas, ni aucun de cette bande», a-t-elle dit. Je ne sais pas dans quelle bande elle pensait que j'étais.

Nous avons commandé des Coca.

«L'anniversaire de Jack tombe le premier week-end d'octobre, a-t-elle dit. Bruce Springsteen va être à New York ce week-end-là. Je pensais qu'on pourrait tous y aller.

– Jack confond Bruce Springsteen et Rick Springfield, ai-je dit.

– Il dit qu'il l'aime bien.

– C'est pour te faire plaisir.

– Il a raison. Ça me fait plaisir... Jack dit que

ton père a un appartement à New York dont il ne se sert jamais le week-end.

– Tu sais à quel point c'est difficile d'avoir des billets pour un concert de Springsteen.

– On pourrait regarder les gens entrer, si on ne peut pas avoir de billet. Après on pourrait voir New York.

– Ça coûte la peau des fesses de voir New York, Nicki.

– Seulement voir. Voir Times Square. Voir Greenwich Village.

– Voir qu'on va se faire avoir, ai-je dit.

– Jack dit qu'il adorerait partir en week-end à New York.

– Si c'est ça qu'il dit, d'accord. Je demanderai à mon père. Mais Bruce Springsteen, n'y compte pas.

– Je ne compte jamais sur rien», a-t-elle dit.

Quand nos Coca sont arrivés, elle a jeté sa cigarette, en a pris une neuve, et a attendu que je lui donne du feu.

«Ne dis rien à Jack avant d'avoir demandé à ton père, OK? a-t-elle dit.

– Je peux lui demander demain soir. Il vient dîner avec mon frère.»

Nicki a dit qu'elle ne savait même pas que j'avais un frère. Où était-il?

« Il habite à New York. Il a dix ans de plus que moi.

– Qu'est-ce qu'il fait ?

– Il est prof de français et d'anglais dans un cours privé, mais en fait il veut être écrivain. Il écrit de la science-fiction. »

Je lui ai parlé de l'unique histoire que Pete ait publiée. Il avait gagné toutes sortes de prix. C'est sorti dans un petit magazine appelé *Fantasy*. Ça parlait d'un monde où chacun était à la fois mâle et femelle sauf les Skids. Ils étaient mâles ou femelles, pas les deux, et ils avaient besoin les uns des autres pour se reproduire… L'histoire de Pete, intitulée *Les Skids*, parlait d'un mâle et d'une femelle qui tombaient amoureux, et ils étaient traqués pour « skidding », car c'était contraire à la loi.

Depuis que Pete avait écrit cette nouvelle, elle était parue dans beaucoup d'anthologies. Pete était en train de la développer pour en faire un livre. Il travaillait dessus de temps à autre. Il était toujours en haut à taper sans arrêt à la machine quand il vivait encore avec nous.

J'ai parlé à Nicki du monde de Pete, appelé Farfire, et des habitants, appelés Farflicks, qui étaient tous capables d'autofécondation. Je lui ai dit que j'avais été le premier de la famille sur lequel il l'ait testé, et comment Papa avait dit que Pete dînait au restaurant depuis qu'il était adulte grâce à ce tout petit texte.

Nicki Marr n'aurait pas remporté le prix du meilleur auditeur. Il y a des gens qui écoutent la conversation des voisins pendant que vous leur parlez ; Nicki écoutait les chansons. Je parlais et elle regardait ailleurs, on entendait *Somebody*, de Bryan Adams. Elle tambourinait des doigts sur mon verre de Coca et se murmurait les paroles à elle-même, la cigarette se balançant à ses lèvres.

Elle a fini par dire : « Bryan Adams faisait la plonge dans un restaurant. » Puis elle a dit : « Excuse-moi. Tu parlais de ton frère.

– Pete.

– C'est pour ça que tu es si bon en français ? Il est prof ?

– Pete et moi on parlait en français quand on était petits. »

Maman était bilingue. Elle entrait au jardin d'enfants qu'elle parlait déjà français. Elle s'adressait à Pete en français la plupart du temps. Finalement Papa l'a empêchée de le faire avec moi. Papa était nul pour les langues. Il n'aimait pas être exclu de cette façon.

Nicki a dit : « Je me rappelle le poème français que tu as traduit pour la classe il y a deux ans. Je ne l'ai jamais oublié. Ça t'étonne ?

– *Le poème à la belle inconnue,* ai-je dit.

– Oui. »

Le mérite en revenait à Pete. Il adorait ce poème. Le vieux Stamiere, qui enseignait le français au lycée de Seaville depuis la Création, s'en souvenait, et avait fait une plaisanterie après le cours sur le thème : la prochaine fois vous trouverez un poème tout seul. (« Tu es Erick Rudd, n'est-ce pas ? Pas Peter Rudd. »)

Nicki jouait avec un trousseau de clés. Elle avait de longs doigts fins et des ongles longs, manucurés mais incolores. Des mains à ne rien faire, si ce n'est arranger des fleurs dans un vase ou caresser des chats persans, ou toucher de la soie et du velours. Dill avait de petites mains carrées qui disparaissaient dans les miennes, comme sans doute mes mains disparaissaient dans celles de Pete, quand j'étais petit.

« Tu pourrais me réciter quelque chose de ce poème ? m'a demandé Nicki.

– *J'ai tant rêvé de toi que tu perds ta réalité.** *

– En anglais maintenant.

* En français dans le texte.

33

– Mais tu comprends le français, ai-je dit.

– Ça parle de rêver trop de quelqu'un.

– *I have dreamed of you so much that you lose reality.* »

Elle n'a rien dit sur le moment. On entendait une chanson de Madonna. Je me disais qu'elle ressemblait un peu à Madonna. Elle regardait par la fenêtre, il y avait des gosses à bicyclette, sous les réverbères, en train de discuter. Plus loin, des gens assis sur les bancs devant le supermarché profitaient de la chaleur de la nuit.

« Ça me rappelle un truc que ma mère a écrit, a dit Nicki quand elle a reporté ses regards sur moi. Ma mère pratiquait l'écriture automatique. Elle était une sorte de médium. Elle allait dans sa chambre, et puis elle écrivait des poèmes, elle disait qu'ils lui étaient dictés par l'au-delà. C'étaient tous des poèmes d'amour.

– En français ?

– Pas en français, non. En anglais… Quand elle est morte, tu as lu ce poème en cours de français. Et tu sais ce que j'ai pensé ?

– Qu'est-ce que tu as pensé ?

– Je ne le pense plus. Quand quelqu'un meurt tu te mets à penser à peu près n'importe quoi.

– Qu'est-ce que tu as pensé ?

– J'ai pensé qu'elle ressuscitait à travers toi. »

Elle a ramassé ses clés et a écrasé sa cigarette dans le cendrier. « Ma mère était un peu fêlée, mais fêlée sympa. Elle croyait que les chats siamois étaient des messagers de l'au-delà. Tu aimes les chats siamois ?

– Je n'en connais pas.

– Je t'en présenterai, a-t-elle dit. On en a six au Royaume. »

Elle a reculé sa chaise, prête à s'en aller.

Il ne me serait pas venu à l'idée de rester.

Chapitre 3

«Où est la bouteille de vin que j'ai apportée pour le dîner ?» a demandé Pete quand nous avons tous été assis sous le lustre en cristal dans la salle à manger. Il avait un pull et un pantalon de velours, comme moi. Ils flottaient sur lui – il était si maigre. Il disait qu'il avait attrapé des amibes en France, l'été précédent.

S'il y avait un microbe dans l'air, il était toujours pour Pete. S'il n'avait pas de problème en arrivant à Seaville, il était sûr d'en rencontrer un. Quelque chose entre Papa et Pete faisait ressortir tous les symptômes possibles, depuis l'urticaire jusqu'au nez qui coule.

«J'ai mis la bouteille à la cave», a dit Papa.

Comme d'habitude, Papa était en costume cravate. Papa avait les cheveux roux des Rudd, mais à présent il les perdait, et comme Maman, il avait un peu grossi. Mais Maman, c'était la version artiste (metteur en scène de *Come back Little Sheba,* avec les Comédiens de Seaville cet automne), et elle dissimulait ses kilos sous des capes et des caftans. Elle portait ce soir-là un long caftan blanc. Un ruban blanc retenait ses cheveux blond cendré ; ses yeux bleus brillaient, comme toujours quand Pete était à la maison.

Pete a dit : « C'est un bon cabernet, je l'ai choisi avec soin pour l'occasion.

— Ta mère et toi vous avez déjà eu deux martinis, a dit Papa. Depuis quand bois-tu autant ?

— Arthur. Chéri. C'est une occasion spéciale. Pete est à la maison.

— Moi aussi, a dit Papa. Je n'aime pas voir mon fils se transformer en alcoolique.

— Tu es à la maison tous les week-ends », a dit Maman.

Pete s'est levé au moment où Madame Tompkins posait les assiettes de potage. « Je vais la chercher.

— Ton potage va être froid, a dit Papa.

— Je ne prends pas de potage.

— C'est de la crème de broccoli que ta mère a faite spécialement pour toi.

— Il peut ne pas prendre de potage s'il n'en a pas envie, a dit Maman. Mais tu es si maigre, Pete. »

Je n'ouvrais pas la bouche. On ne pouvait jamais savoir quand ça allait exploser entre Pete et Papa. Maman avait dit un jour que leur problème, c'était qu'ils voulaient tous deux être autonomes. C'est là que j'ai appris le mot autonome, qui veut dire obéir seulement à ses propres lois. Une fois, je l'ai essayé sur Dill, à un moment où nous avions l'habituelle discussion sur la banquette arrière de la Mustang de Jack.

Je lui ai demandé ce que c'était que notre relation de toute façon, si elle voulait être autonome ? Dill a dit : je ne sais pas où tu as trouvé ce mot, mais il va te falloir plus qu'un gros mot pour me faire changer d'avis à ce sujet. Il faudra quoi ? ai-je dit. Une grosse alliance en or, a-t-elle dit. Plus tard, quand j'aurai porté un certain temps la bague de fiançailles avec un petit diamant.

Lorsque Pete a quitté la salle à manger, Papa a reculé sa chaise, il a soulevé la nappe, et il a dit : «DEHORS !»

Oscar, notre bouledogue anglais, âgé de quatorze ans, a rampé de sous la table, la tête basse, et a crapahuté en direction du salon. C'était le chien de Pete ; il l'avait eu pour ses treize ans.

«Pauvre vieil Oscar», a murmuré Maman.

Madame Tompkins repartait vers la cuisine quand

le téléphone a sonné. Papa lui a demandé de dire, qui que ce fût, que nous étions en train de dîner.

Pete a passé la tête dans l'embrasure de la porte. «Erick? C'est Dill. Elle appelle d'une cabine.»

J'ai dit que je n'en avais pas pour longtemps et Papa s'est renfrogné.

En allant à la cuisine, j'ai entendu Maman dire: «Ne sois pas de mauvaise humeur, chéri. S'il te plaît. Pas ce soir.»

Pete était en train de déboucher la bouteille de vin. Madame Tompkins retirait du four un plat de côtes. C'était une veuve, grosse et blonde, qui travaillait pour nous depuis avant ma naissance et avait un appartement au-dessus du garage.

«Erick? a dit Nicki. J'ai dit que c'était Dill.

– Qu'est-ce qui se passe? On est à table.

– Je voulais juste te dire que le premier week-end d'octobre, c'est parfait. Il n'y a pas de match. C'est le seul week-end où Jack ne joue pas.

– Ça m'étonnerait qu'on ait des billets, Nicki.

– Des billets pour quoi? a chuchoté Pete.

– Bruce Springsteen, ai-je dit. N'espère pas trop, Nicki.

– Mais on peut y aller quand même. Non?

– Je vais demander à mon père, ai-je dit. Tu es sûre que Jack en a envie?

– J'ai déjà tâté le terrain, et c'est oui. »

Quand Pete et moi nous sommes revenus dans la salle à manger, Papa a dit : « Le quatrième verre est pour qui ?

– Nous sommes quatre, que je sache, a dit Pete.

– Ton frère ne boit pas.

– Il peut avoir un verre, a dit Maman, s'il promet de repeindre les chaises de la cuisine.

– Sournoise, ai-je dit. (Ce n'était pas la première fois qu'elle me parlait des chaises.)

– Est-ce que tous les enseignants de Southworth boivent ? a demandé Papa à Pete.

– Oui monsieur, a dit Pete. A mon avis, c'est parce qu'ils regrettent de ne pas avoir fait carrière dans les affaires, à soixante ou soixante-dix mille dollars par an.

– Oh, Pete. Maman a eu un petit rire nerveux. Pete.

– C'est ça, encourage son sens de l'humour, a grincé Papa. Il en a besoin quand il touche son traitement.

– Pete, a dit Maman, dis-lui. »

Pete s'est levé.

« Me dire quoi ? a dit Papa.

– On se calme, a dit Pete. Je voudrais porter un toast.

– Un toast!» a dit Maman.

Elle a levé son verre. J'ai levé le mien. Papa a hésité, et puis il a suivi le mouvement.

– A vous tous, pour ne pas m'avoir demandé comment allait mon roman plus de deux ou trois fois par an.

– On n'osait pas demander, a dit Papa.

– Attends! a dit Maman.

– Pour votre confiance dans *Les Skids*. Particulièrement toi, Maman.

– Tu l'as vendu? a demandé Papa.

– Il y a un producteur d'Hollywood qui s'y intéresse pour un scénario, ou une série télé. On boit?»

Nous avons entrechoqué nos verres.

«Félicitations, Pete! ai-je dit.

– Est-ce que ce ne sont pas de bonnes nouvelles? a dit Maman.

– Je ne savais pas que tu l'avais fini, a dit Papa.

– Je n'ai pas fini. J'ai cinq chapitres et un plan.

– Oh, ce n'est même pas fini? a dit Papa.

– Je n'ai pas à le finir. Je vais le transformer en scénario.

– Ça va faire un film superbe! a dit Maman. Ou une superbe série télévisée!

– Eh bien, c'est bien, Pete, c'est bien, a dit Papa.

– Il se pourrait que Pete gagne suffisamment d'argent pour quitter Southworth, a dit Maman.

– Ça, je ne sais pas», a dit Papa.

A un moment, au milieu du dîner, Pete nous avait donné tous les détails concernant son producteur, qui pensait que *Les Skids* étaient un vrai filon, quand la conversation est venue sur les résultats scolaires. Je sais que ce n'est pas moi qui ai commencé. Je devais repasser les examens en octobre. J'avais eu 500 points en littérature et 580 en maths. Pete avait obtenu respectivement 700 et 720 points. Mais c'était typique, Papa ne m'embêtait pas avec mes résultats; il embêtait Pete, qui avait été si brillant au lycée et à la fac, et puis qui avait «tout envoyé promener» pour enseigner dans une école préparatoire – «Même pas, lui reprochait Papa, professeur d'université, ce dont je m'accommoderais.»

– J'ai proposé de rester à Princeton pour passer l'agrégation, a dit Pete.

– Tu as proposé? a craché Papa. Qui a besoin d'une telle proposition? Voilà une proposition que je trouve facile à décliner! L'éducation est un privilège, pas une proposition pour faire plaisir à Dieu sait qui!

– Allons, nous n'avons plus à nous soucier de

tout cela, a dit Maman. Pete va travailler sur ce scénario.

– Très bien, a dit Papa à Pete, mais reste à Southworth.

– Southworth? Mais tu m'as toujours dit que c'était une impasse!

– C'en est une, mais au moins elle existe.

– Ça aussi, ça existe. Je devrais gagner assez pour écrire à plein temps.

– Tu ferais mieux d'employer cet argent à repasser tes diplômes, a dit Papa. Tu pourrais enseigner dans une université et écrire à côté. C'est ce que fait Philip Roth. Beaucoup d'écrivains font ça.

– Je ne peux pas me permettre de repasser des diplômes et de financer en même temps mon travail d'écrivain!

– Tu ne peux pas te permettre de ne pas le faire, Pete!»

C'était toujours la même histoire; le même genre d'histoire qu'entre Grand-père et Papa dès qu'ils étaient ensemble, sauf qu'à ce moment-là c'était Papa qui ne pouvait pas venir à bout de Grand-père.

Papa disait: «Il n'y a jamais moyen de lui plaire!»

Papa était tellement énervé, il n'a même pas remarqué que Pete me servait un deuxième verre de vin. Je commençais à flotter légèrement. Il n'en fallait jamais beaucoup. J'ai décroché.

Avant le dessert, Pete a dû quitter la table pour courir à la salle de bains.

« Il a trop bu, a dit Papa.

– Il a la diarrhée depuis des semaines, a dit Maman.

– Sommes-nous obligés d'entendre ça à table ?

– Tu es sans arrêt sur son dos, Arthur !

– Je ne vois pas le rapport. Il ne devrait pas avaler tant de Martini s'il a la diarrhée depuis des semaines !

– Il est venu nous donner les bonnes nouvelles, a dit Maman. Il fêtait ça.

– Il sera toujours temps de faire la fête quand le scénario sera vendu. »

Maman et moi avons grogné.

« Je suis dur avec lui ? a dit Papa.

– Toi, Papa ? ai-je dit.

– Pas toi, a dit Maman.

– Si j'ai été dur avec lui, je m'en excuse, a dit Papa.

– C'est à lui qu'il faut le dire », a dit Maman.

Mais quand Pete est réapparu enfin en disant

qu'il sautait le dessert pour aller se reposer un moment, Papa a dit: «C'est le gin.»

Je voyais bien que pour avoir l'appartement de Papa le premier samedi d'octobre, j'avais autant de chances qu'une boule de neige en enfer. J'ai décidé de ne pas mentionner le concert de rock. Papa avait MTV à New York. Il disait qu'il lui suffisait de regarder cette chaîne cinq minutes pour comprendre la dégringolade d'une génération tout entière. Il avait vu le clip de Julie Brown, *The Homecoming Queen's Got a Gun*, et ne s'en était jamais remis.

«C'est juste pour Jack et toi? a dit Papa.

— Et nos petites amies.

— Pas de petites amies, a dit Papa.

— D'ailleurs, la maman de Dill ne donnerait jamais son autorisation, a dit Maman.

— Peut-être que si, M'man. Elle me fait confiance.

— Toi et Jack êtes les bienvenus, a dit Papa, mais pas vos petites amies.

— Même si la mère de Dill est d'accord?

— Vous êtes encore mineurs, a dit Papa. Je décline cette responsabilité, merci.»

Après le repas, je suis monté dans la chambre de Pete et je me suis assis sur son lit. Oscar dormait à côté de lui. Oscar puait vraiment – pas seulement son pelage, mais son haleine, aussi. Oscar vieillissait très vite.

Pete et moi avions les mêmes cheveux, drus, roux et bouclés. Les siens avaient l'air mouillés, et j'ai mis ma main sur son front. « Ça va ? » Il avait froid, il était en sueur.

« Je suis mal fichu depuis quelque temps. Je n'arrive pas à me débarrasser de ce truc que j'ai attrapé. »

L'été où Pete était en Europe, j'avais séjourné dans l'appartement qu'il avait loué à New York dans la Dix-huitième Rue. Pete pensait que j'aimerais être indépendant de Papa, mais la vérité était que j'avais passé le plus clair de mon temps chez Papa, dans la Quatre-vingt-deuxième Rue. J'étais trop seul chez Pete. Je n'étais pas le dévoreur de livres qu'était Pete. Je n'aimais pas comme lui la solitude.

« Tu veux dormir ? lui ai-je demandé.

– Non, reste un peu. »

Sur le mur derrière le lit, il y avait un montage de photos, Pete en train de faire de la voile, de skier, de nager, de surfer. Pete avait été un vrai « beach boy » quand il avait mon âge. La plupart des photos avaient été prises en plein soleil. Je détestais le soleil à cause des méchantes brûlures que j'attrapais, mais Pete brûlait, pelait, et y retournait de plus belle. Sur certaines photos son nez, ses oreilles, le dessous de ses yeux étaient enduits d'une crème solaire blanche. Pete était seul sur toutes les photos sauf deux. Sur l'une d'entre elles il était avec Stan Horton, son copain d'enfance et compagnon Trekkie. Sur l'autre on le voyait avec Michelle Stanton. Nous l'appelions Belle Michelle. Elle était restée paralysée après avoir essuyé une vague qui lui avait abîmé la colonne vertébrale, et sur cette photo, Michelle était dans son fauteuil roulant. Pete était sur ses genoux, il lui rabaissait une visière sur les yeux, tous les deux riaient.

« Qu'est devenue Belle Michelle ? ai-je demandé.

– Elle s'est mariée un an après le mariage de Stan avec Tina, a dit Pete. Parle-moi de ce concert de rock où tu veux aller.

– Papa vient de dire : pas de filles dans l'appartement... De toute façon on n'aura jamais de billets.

– Nicki, qui est-ce ? Une nouvelle ?

– C'est la copine de Jack. Moi j'irai avec Dill.

– Jack s'est trouvé une copine ? Neandertal sort ?

– Elle habite en dehors, au Royaume-près-de-la-mer. Nicki Marr, elle s'appelle.

– Un rapport avec Annabel Poe Marr ?

– C'était sa mère.

– Je me rappelle Annabel, du temps où c'était moi qui travaillais à la librairie, a dit Pete. Elle venait toujours pour des livres d'Edgar Cayce. Des livres comme *Seth Speaks*. Elle allait directement au rayon Sciences occultes. Elle prétendait qu'elle était une parente éloignée d'Edgar Allan Poe.

– Sa fille a plus les pieds sur terre, ai-je dit. Un peu sur la mauvaise pente.

– Sur la mauvaise pente ? (Je me suis fait huer.) Je croyais que pour vous, c'était fini, ces foutus jugements de valeur. C'était bon pour la génération de Papa. Je pensais qu'on vous avait ouvert la voie dans les années soixante-dix, mais *mauvaise pente*, ça fait retour aux années cinquante. Qu'est-ce qui est arrivé à la libération des femmes ?

– Dill, voilà ce qui est arrivé, ai-je dit. Dill parle même d'une bague de fiançailles. Elle dit que si je suis à des kilomètres dans une autre fac pendant qu'elle est à Wheaton, je ferais mieux de sortir la bague de fiançailles.

– Elle croit vraiment que ça va t'arrêter ?

– Je crois qu'elle croit que ça va l'arrêter, elle. Elle dit qu'elle veut un vrai mariage en blanc, et une vraie nuit de noces comme autrefois.

– Je vois le genre. Avec le marié tellement cuité au champagne qu'il n'arrive à rien, quelque part dans les montagnes avec un baquet en forme de cœur dans la salle de bains. »

On a ri, et Pete m'a donné une bourrade. « Tu es fichu, Ricky. *J'ai tant rêvé de toi qu'il n'est plus temps sans doute que je m'éveille.* »*

Cela venait du poème que Nicki avait mentionné le soir d'avant. Mon sang n'a fait qu'un tour, je me suis rappelé Nicki quand elle s'appuyait sur la table à Sweet Mouth et qu'elle me regardait de ses yeux verts... «*I have dreamed so much of you that it is no longer right for me to awaken.* »

J'ai dit: « C'est le seul poème français que tu connaisses?

– C'est le seul que je sache que tu saches... Peut-être qu'une nuit à New York, c'est juste ce dont toi et Dill vous avez besoin.

– Papa ne changera pas d'avis. Tu le connais.

– Vous pouvez tous venir chez moi. Je ne serai pas là. Je serai chez Stan et Tina à Soho.

– Tu ferais ça, Pete?

– N'importe quoi pour que tu couches. Dis à Papa que les filles vont ailleurs. Dis-lui que tu préfères chez moi parce que c'est plus près de tout.

* En français dans le texte.

49

– Je ne coucherai sûrement pas. Ce n'est pas la peine de faire des frasques avant de me marier. Dill sera probablement la seule femme de ma vie.

– Pourquoi tu ne te fais pas désirer ? a dit Pete. Applique un peu à Dill son propre traitement. Dis-lui que Neandertal et la mauvaise pente pourront prendre la chambre. Dis-lui que tu dormiras dans ma chaise longue et qu'elle n'a qu'à prendre le canapé. C'est un canapé-lit. Tu n'as pas besoin de le lui dire… Renvoie-lui la balle. Elle cédera.

– Oh, une nouvelle approche. Numéro d'approche quatre mille quatre.

– Essaie ça, a insisté Pete. Il y a quelqu'un dans mon Groupe des écrivains garantis qui travaille comme attaché de presse pour des orchestres de rock. Je crois que je peux t'avoir des billets pour Springsteen. »

Je n'ai pas pu attendre pour appeler Dill et le lui dire.

Chapitre 4

Le lendemain matin, Pete était encore trop mal en point pour rentrer en voiture à New York avec Papa. Il prendrait le car de l'après-midi. Papa a dit qu'il me déposerait au lycée en partant, c'était sur son chemin. Ça lui a donné l'occasion de me régler mon compte au sujet des chaises à repeindre.

«Quand tu rentreras à la maison pour déjeuner, je voudrais aussi que tu parles d'Oscar à Pete, il faut le faire piquer, a dit Papa, tandis que nous roulions en direction du lycée. Oscar est trop malade, il ne peut plus profiter de la vie.

– Pete ne fera jamais ça. Il l'adore, ce vieux débris. Moi aussi, je l'adore.

– C'est bien pour ça qu'il faut le faire. C'est un service à rendre à Oscar.

– Papa, tu en as toujours après Pete. S'il te disait qu'il a fini *Les Skids,* tu dirais : bon, ce n'est pas publié. S'il te disait qu'il en a fait un scénario, tu dirais : bon, le film n'est pas encore produit – de même que tu continues à lui dire que Southworth est une impasse.

– Pete ne finit jamais ce qu'il entreprend !

– Tu ne l'as pas laissé finir son agrégation. Si tu voulais qu'il soit professeur d'université, il fallait le laisser finir.

– Je voulais bien. Mais je ne voulais plus payer. Pete ne fichait rien. Ton grand-père m'a payé quatre années d'université. J'en ai perdu les trois quarts… à boire de la bière, à draguer les filles, à faire des frasques. »

J'étais assis à l'avant, en biais, et je le regardais. Il était difficile d'imaginer Papa jeune, en train de boire de la bière et de draguer les filles.

– Je te vois mal en tombeur des campus, ai-je dit.

– Si je l'étais resté, tu ne m'aurais pas vu du tout. Jamais. Je n'aurais pas été capable de fonder une famille. Heureusement, l'argent a été épuisé. J'ai financé moi-même ma maîtrise. J'ai pris tous les jobs que j'ai pu trouver. C'est là que j'ai commencé à m'appliquer. Avant, je n'avais aucune discipline. Je n'accordais aucune valeur à l'éducation, jusqu'à ce que l'argent vienne de ma propre poche. »

Pete et moi, nous appelions ce sermon Laïus 2, « Se hisser à la force du poignet », jumeau de Laïus

3, « Un sou est un sou ». Laïus 1, c'était « La famille d'abord ».

« Pete pourrait encore avoir son doctorat, non ?

– C'est ce que j'ai essayé de lui dire hier soir.

– Et tu ne l'aiderais pas ?

– Erick, Pete n'a fait aucun effort. Il préférait filer à Paris. » Les séjours de Pete à Paris ne duraient jamais très longtemps. Il n'en avait pas les moyens – ce qu'il gagnait pour partir, c'étaient de petites sommes. Mais invariablement, Papa décrivait les voyages de Pete de cette façon, comme si Pete faisait la noce dans les endroits somptueux.

« *Les Skids* vont peut-être le tirer d'affaire, ai-je dit.

– Cinq chapitres en neuf ans ? Qu'est-ce qui lui fait penser qu'il écrira des scénarios plus vite ? a dit Papa. Quelquefois je me dis que ton frère vit sur un nuage. Il a l'optimisme aveugle de ta mère. Pourquoi est-ce qu'il s'occupe de ce Groupe de discussion des écrivains garantis bénévolement, alors qu'il a besoin de temps et d'argent pour écrire ses propres livres ?

– Par solidarité, peut-être ? Quand il pleut, tous les toits sont mouillés », ai-je dit. C'était la maxime préférée de Maman. C'est ainsi qu'elle justifiait ses bonnes œuvres – elle en faisait assez pour être candidate à la béatification ou à la dépression nerveuse, dans l'ordre qu'on veut.

«D'après toi, pourquoi ta mère est-elle le plus connue à Seaville? m'a demandé Papa. Pour aucune de ses bonnes œuvres, aucune!»

Je savais à quoi il faisait allusion, et j'ai dit: «Elle n'y est pour rien.

– Elle est dans toutes les mémoires pour un fiasco: le Bal des dettes.»

Il avait raison. Le mari de son amie Liz Gaelen s'était retrouvé mêlé à une escroquerie, à Wall Street; il avait été au bord de l'inculpation pour détournement de fonds, et Maman avait organisé un Bal des dettes. On avait mis toutes les factures impayées des Gaelen dans un bocal; toute personne désireuse d'assister à la fête devait prendre une facture et la payer, à titre de droit d'entrée. Maman avait obtenu du Tennis Club de Seaville qu'il prête le terrain. Les Gaelen ont été délivrés de leurs difficultés financières immédiates, mais nous n'avons jamais su comment l'histoire s'était terminée. Pendant des mois, des lettres sont parvenues à la direction du *Seaville Star,* pour se plaindre que seuls les riches pouvaient s'offrir une telle manifestation d'entraide.

Papa s'est engagé dans la rue des Ecoles. «Le cœur sur la main, Pete tient ça de ta mère. Tu sais comme il a toujours été. Il était une armée du salut à lui tout seul quand il était petit. Et après, sortir avec cette fille en petite voiture!

– Oui, mais quelle fille, Papa! Belle Michelle!

– Pete sortait avec elle parce qu'elle était dans un fauteuil roulant. Et à mon avis, Michelle était suffisamment fine pour s'en rendre compte. Je suis sûr que c'est pour ça qu'elle l'a envoyé promener... Tu défends Pete, et j'aime ça, mais n'essaie pas d'être comme lui. Ton ambition d'être écrivain – c'est l'ambition de Pete. Tu ne lis même pas. Je ne te vois jamais avec un livre. Au moins, Pete, lit... il l'a toujours fait.»

J'ai sauté sur l'occasion qui se présentait pour détourner la conversation.

«Regarde! Dill!

– Je la vois. Tu es avec elle depuis le début du lycée, hein?

– Je sais ce que tu vas dire: va aussi voir ailleurs.

– J'aime bien Dill. Mais le temps est venu pour toi de faire des frasques. Pourquoi si sérieux, avec une seule fille, Erick?»

Elle m'attendait sur le perron du lycée. Elle était en jean, avec une chemise blanche, un pull informe et les pans de la chemise qui sortaient, une cravate lâchement nouée qui flottait dans la brise.

« Et comment la distingues-tu d'un garçon ? a dit Papa.

– Oh, à ton avis ? » ai-je dit.

Quand Papa a ri, j'ai dit : « Eh, Papa, c'est quoi, ce bruit ?

– J'avais presque oublié comment on faisait, après avoir vu tes résultats scolaires. J'espère que tu utilises les cours de révision Barron que je t'ai rapportés.

– Ne t'en fais pas, ai-je dit comme il s'arrêtait.

– Ne t'en fais pas, a-t-il dit, demain on rase gratis. »

J'ai ouvert la porte pour Dill, et nous avons traversé le hall en direction des casiers.

La première fois que j'ai rencontré Dill, elle sentait le biscuit. Je l'avais taquinée avec ça, et elle m'avait dit que le nom de son parfum était Vanille N° 5. J'ai découvert des mois plus tard qu'elle ne plaisantait pas. Elle se mettait vraiment quelques gouttes de concentré de vanille tous les matins.

Ma mère disait toujours que Dill avait l'air si saine. Cette description n'était pas précisément sexy, mais je voyais ce que Maman voulait dire. Dill n'avait jamais besoin de maquillage, et n'en avait jamais beaucoup mis. Elle avait cet air génialement *clean* que les pubs pour produits de beauté promettent aux femmes si elles se tartinent de crèmes et de fonds de teint.

«Maman a dit non, pour le week-end à New York, a dit Dill. Je ne lui ai même pas dit qu'on aurait l'appartement de Pete. J'ai dit qu'on irait chez ton père. Elle a dit: *Est-ce qu'Arthur Rudd est tombé sur la tête?*

– Je devrais peut-être lui parler?» Je m'étais toujours bien entendu avec Mme Dilberto. M. Dilberto, c'était une autre paire de manches, il rivalisait de curiosité avec mon père pour les résultats des examens, les projets d'université, et l'orientation générale de mes dix-sept prochaines années.

«Ça ne servira à rien que tu lui parles, mon cœur, a dit Dill. J'ai tellement envie d'y aller, pourtant, même si c'est une idée de Nicki Marr.

– Pour l'amour de Jack, donne-lui une chance.

– Et elle? Elle me regarde comme si je n'étais pas là.

– Elle ne sait pas comment faire connaissance.

– Avec les femmes, a dit Dill. Je m'en fiche complètement. J'ai entendu Bruce Springsteen chanter *I'm on Fire* hier soir, et j'avais la chair de poule.»

Nous étions devant son casier, et elle s'est retournée si brusquement qu'elle s'est retrouvée tout contre moi. «Ça t'arrive, d'avoir la chair de poule?

– Pas plus tard que tout de suite. Des vraies cloques.»

Dill aimait me taquiner, et j'aimais ça. Dill disait qu'il y avait le café instantané, le thé instantané, et puis moi: bouffées de chaleur instantanées.

«Trouve quelque chose! lui ai-je murmuré. On a besoin de prendre l'air!

– J'y ai pensé toute la nuit – il y a ma tante Lana, à Washington Heights. C'est la jeune sœur de Papa. Je crois qu'elle accepterait de mentir, elle dirait que j'ai dormi chez elle. Elle est très romantique.

– Et toi, tu es très romantique? ai-je demandé.

– Et toi?

– *I'm on fire.*»

Dill s'est retournée pour ouvrir son cadenas tandis que je reculais d'un pas pour me calmer.

«Mon cœur, a dit Dill, si j'obtiens de Tante Lana qu'elle mente pour moi, cela ne veut pas dire...» Elle n'a pas fini sa phrase. Ce n'était pas la peine. J'en connaissais la fin par cœur.

«Mon amour, ai-je dit, si tu peux la persuader

de mentir pour toi, ne t'inquiète pas pour le reste.

– Promis ?

– Promis. Ne t'en fais pas. Ce week-end, relax. On donnera la chambre à Jack et à Nicki. » Je l'ai regardée du coin de l'œil, pour voir comme elle le prenait. Je me rappelais ce que Pete m'avait dit. J'ai cru déceler une lueur de regret.

« Je dormirai dans la chaise longue de Pete. Tu n'auras qu'à prendre le canapé. »

Elle m'a décoché un de ses plus éblouissants sourires.

« Super ! » a-t-elle dit. « Tu aurais été trop frustré, dans la chambre ! »

Chapitre 5

Le samedi soir, c'était une tradition, avec Jack. Nous nous retrouvions chez moi et nous parlions jusqu'à une ou deux heures du matin.

Si nous étions sortis à quatre, nous déposions les filles d'abord. (Dill devait toujours être rentrée avant minuit.) Si nous n'étions pas sortis à quatre, de toute façon Jack se montrait à peu près à la même heure, me parlait de son rendez-vous, s'il en avait eu un, où ils étaient allés, ce qu'ils avaient fait. S'il n'avait pas eu de rendez-vous, nous discutions jusqu'au moment où il repartait en voiture, chez lui, au bout de la rue.

Il y avait généralement en fond sonore *Rock en Amérique,* ou *Musique Magazine* à la télévision. De tout ce que nous pouvions capter à Seaville, c'était ce qui se rapprochait le plus de MTV. Jack ne s'intéressait pas du tout au rock – c'est à peine s'il regardait les clips. Je m'intéressais au rock, mais sans être fan des clips. Je les regardais seulement d'un œil.

Le samedi soir d'avant notre week-end à New York, je ne suis pas sorti avec Dill. Elle est allée à Smithtown en famille, dîner chez ses grands-parents. Entretenir la bonne humeur de ses parents faisait partie de son plan, afin qu'ils ne changent pas d'avis pour New York. Sa tante Lana avait accepté de dire que Dill dormirait chez elle à Washington Heights.

Papa et Maman étaient déjà couchés et je regardais la fin de *Saturday Night Live*. J'adorais Martin Short dans cette émission, particulièrement quand il faisait Ed Grimley, le monstre de *La roue de la fortune* avec la tête pointue. J'étais là, devant le poste, quand j'ai entendu la voiture de Jack. J'étais d'une humeur de rêve. Pete avait envoyé les billets pour le concert de Springsteen par l'intermédiaire de Papa. J'étais impatient de le dire à Jack.

Jack est entré par la porte de derrière. Le temps qu'il traverse la cuisine et la salle à manger, j'avais senti son parfum.

« J'ai amené quelqu'un, a dit Jack.

— Je vois. Salut, Nicki.

— Salut, Erick. Ça va ?

— Très bien ! » J'étais pieds nus, avec un vieux sweat-shirt et un pantalon de survêtement. Il y avait deux boîtes de Coca vides sur la table basse et des papiers de gâteau au chocolat de chez Nabisco.

Oscar dormait sur son lit derrière le canapé. Il était tellement sourd qu'il n'entendait plus quand des gens entraient dans la maison.

Jack avait une veste sport et une cravate, un pli à son pantalon de flanelle grise et du cirage sur ses chaussures.

Nicki était dans une tenue renversante : une jupe moulante en cuir noir, un T-shirt trop grand, un blouson en jean, un foulard de la couleur de ses cheveux et deux chaînes aux poignets. Elle avait des bas résilles et des talons hyperhauts.

A ses lèvres, l'éternelle cigarette. J'ai dû chercher partout pour lui trouver un cendrier.

Je me sentais un peu comme un gosse qui reçoit la visite d'adultes, et j'ai caché les papiers du gâteau sous des catalogues d'université.

Jack a dit : « On sort de dîner avec mes parents.

– Je vous offre un Coca ? »

Elle a fait signe que non. Jack a dit qu'ils ne restaient pas.

Elle a dit : « Oh ! C'est Ric Ocasek ! Je l'adore ! »

Rock en Amérique venait de commencer à la télévision.

Jack a dit : « Je vais peut-être prendre une bière. Il y en a ?

– Il y a de la Molson. Sers-toi.

– Tu en veux une ?

– Non. »

Jack savait que je buvais rarement, et que quand je le faisais, c'était toujours quelque chose de doux, une tequila orange ou une vodka Kahlua. Même en faisant abstraction de Papa, dont la règle était que je ne devais pas boire avant d'avoir l'âge légal, de toute façon je n'aimais pas le goût de la bière ou de l'alcool… Jack n'était pas non plus un grand buveur. Il aurait pu être exclu de l'équipe de foot pour moins que ça. Mais il est allé se servir à la cuisine.

Nicki m'a demandé si moi aussi j'aimais Ric Ocasek. Je lui ai dit que je n'avais pas fait très attention à lui. J'ai jeté un œil et j'ai vu ce type, longue figure et longs cheveux, avec des lunettes noires et des oreilles comme des soucoupes.

« J'aime ça, qu'il soit si laid », a dit Nicki, lisant dans mes pensées. « Il faut vraiment du cran pour monter sur scène quand on a cette tête-là. Il devient mieux quand il joue, comme Dee Snider, de Twisted Sister. »

Je n'étais pas fana de la grosse cavalcade, mais

je me souvenais d'un vieux clip de Twisted Sister : un type fait irruption dans la chambre de son môme, il se met à dire que la chambre est une porcherie et le môme un gros lard, et il lui demande ce qu'il va faire dans la vie. «Du rock!» lui dit le môme, et il jette son père par la fenêtre. Le môme, c'était Dee Snider ; le titre du clip : *We're Not Gonna Take It.*

Nicki a enlevé ses chaussures à talon et s'est assise en ramenant ses jambes sous elle. Elle a commencé à me parler de l'interview de Dee Snider qu'elle avait lue dans *Newsday Magazine.*

«Dee Snider a vraiment eu un père qui se conduisait comme ça avec lui», dit Nicki.

J'ai dit : «On en est tous là.

– Un jour, son père l'a traîné chez le coiffeur, et lui a fait faire une coupe réglementaire, a dit Nicki. Dans l'interview, son père parlait de ça. Il racontait que Dee Snider lui avait dit : *Papa, je suis un grand maigre, j'ai un grand nez. J'ai une grande mâchoire. J'ai un appareil sur les dents. J'ai des boutons sur la figure. La seule chose que j'aie de bien, c'est mes cheveux. Et tu me les as fait couper…* Son père se sentait mal d'avoir fait ça.

– C'est toujours trop peu, trop tard», ai-je dit.

Je me suis assis à côté d'elle sur le canapé.

On aurait dit une encyclopédie ambulante sur le monde du rock.

«Ma chanson préférée de Ric Ocasek, c'est *Jimmy Jimmy*, a-t-elle dit.

– Je ne connais pas.

– C'est vieux. Ça me fait penser à mon père, même si ça parle d'un gosse. Le premier vers, en tout cas. Papa n'a jamais pensé qu'à s'en sortir. Il dit aussi qu'on en est tous là. Il y a une phrase comme ça dans *Jimmy Jimmy*.»

Elle s'est penchée pour effleurer de ses longs doigts fuselés la couverture d'un des catalogues de fac. J'ai attrapé toute la pile et je les ai mis par terre, pour éviter qu'elle ne tombe sur les papiers du gâteau.

«C'est rien, des trucs sur les universités, ai-je dit.

– A quelle fac tu vas?

– Là où on me prendra.

– Qu'est-ce que tu veux faire?

– Cinéma. Je ne sais pas. L'écriture. La communication.»

La communication! Il me semblait entendre la voix de Papa: «Qu'est-ce que ça veut dire, communication? Et qu'est-ce que toi tu vas bien pouvoir communiquer?» Papa ne serait pas satisfait avant que je lui aie dit que je veux faire des analyses de conjoncture, du marketing, et de la gestion de portefeuilles.

«Je pourrais aller à l'université, a dit Nicki, qui jouait avec sa cigarette, la tenant entre ses dents. Papa a dit qu'il vendrait des actions pour que je puisse.»

J'avais une vague vision de lui qui datait de l'été. Il était venu à un match de base-ball local, les Linoléums Lorr contre les Meubles Diamond, ce genre-là. C'était un type grand, voûté, séduisant, avec une mèche blond argent en travers du front. Il portait une casquette inclinée sur l'œil, et malgré cette allure jeune, les filles qu'il traînait lui donnaient l'air d'être un vieux vicieux, parce qu'elles étaient à peine plus vieilles que Nicki.

«Tu étudierais quoi si tu allais à la fac?» ai-je demandé. Dill voulait suivre des cours d'anthropologie et devenir une deuxième Margaret Mead.

«Si j'allais à la fac, je n'étudierais rien», a dit Nicki. «Je m'amuserais... Ce que je veux faire plus tard?» C'était comme ça qu'elle parlait – elle disait les choses comme si c'étaient des questions. «Je veux étudier la mode! Aller à New York. Etudier la mode. Ou faire la promotion de rock stars?»

Jack a fait irruption derrière nous, et a dit: «Pas question! Je te veux ici avec moi!»

Jack avait déjà décidé, il travaillerait avec son père. Il disait qu'il suivrait peut-être deux ou trois cours à Southampton College, mais qu'il voulait s'installer à Seaville pour le restant de ses jours. Il aimait la mer. Il faisait du surf, comme Pete autrefois. Quand le temps s'y prêtait, Jack allait faire du surf avant la classe.

Je leur ai dit que j'avais les billets pour Springsteen. Nicki a applaudi des deux mains, elle s'est renversée dans le canapé, les jambes en l'air, puis elle a reposé les pieds par terre et elle a ôté la cigarette de ses lèvres. Elle s'est jetée à mon cou. Ses lèvres ont glissé de ma joue à ma bouche. Sa bouche avait un goût sucré et un goût de fumée.

Nicki connaissait le nom de tous les musiciens qui passaient à la télévision, et des cinq de REO Speedwagon. Elle a dit que Kevin Cronin était le meilleur, et elle connaissait toutes les paroles de sa chanson *The Key*. Quand elle l'a chantée pour nous, très doucement, Jack n'a pas arrêté de hocher la tête d'attendrissement, en me jetant des regards de fierté.

Nicki ne se mettait rien qui ressemblât à du Vanille N° 5. Son parfum était d'une autre sorte que celui de Dill. C'était le genre de parfum que brassent les ventilateurs dans les grands magasins de la Cinquième Avenue. Les soirs d'été à New York, parfois, je retrouvais Papa sur le chemin du Rockefeller Center, et je me rappelais les parfums sexy et toutes les femmes en robe légère, jambes et bras nus... Nicki me rappelait un peu les femmes de New York. Son parfum était sérieux comme le leur. Il ne vous faisait pas penser aux biscuits.

Elle nous a dit que le vrai nom de Boy George était George O'Dowd, et qu'il était gémeaux comme elle.

«Et comme moi, ai-je dit. Je suis né le 29 mai.

– Je suis née le 28! Tu sais quoi, Erick? On dit que les gémeaux sont bons pour la communication, donc tu dois prendre communication! Nous sommes des communicateurs! Tu savais ça?»

Elle commençait à me communiquer quelque chose, ça c'est sûr.

Quand elle s'est levée pour aller à la salle de bains, juste avant qu'ils s'en aillent, Jack a dit: «Erick, tu l'aimes bien?

– Mais pourquoi tu ne fais que me demander ça? Je n'arrête pas de te dire que je l'aime bien.

– C'est la première fille que j'aie jamais ramenée à la maison, a dit Jack. Maman m'a pris à part pour me dire: *Jackie, Jackie, cette fille va faire de toi de la chair à pâtée,* mais Papa est très emballé.

Il a sorti toutes ses histoires sur moi : *Et tu te rappelles la fois où tu as mis du cirage noir sur l'écouteur du téléphone à l'épicerie du Moulin ? Et tu te rappelles les gars dans les camions avec leurs oreilles noires ?*

– Vous faites des trucs ?» ai-je dit.

Jack s'est arrêté de rire, et il a baissé les yeux sur sa bouteille de bière vide.

«Je me sens comme quand j'avais encore douze ans et que je me demandais où on met le nez quand on s'embrasse.

– A quinze ans tu te le demandais toujours.» Je riais.

«Me rappelle pas ça... Elle est habituée à des types comme Ski, et T.X. Hoyle !

– Et Bucky Moon, etc., etc.

– Pas etc., etc., mais je ne crois pas qu'elle soit jamais sortie avec un puceau comme moi.

– Elle n'a pas à le savoir.

– C'est bien ce qui me bloque. J'ai peur qu'elle s'en rende compte.»

Il s'est retourné pour voir si elle arrivait. Personne en vue.

«Je crois qu'elle est partie, a-t-il dit. (Il s'est levé.)

– Partie où ?

– Dans la voiture. Quelquefois, elle disparaît.

Elle dit toujours: *On s'en va,* en plein milieu d'un truc.

– Formidable, ai-je dit. Et tu es censé aller la rechercher?

– Ça m'est égal, a dit Jack. Elle n'est pas comme les autres filles, Erick. C'est ce que j'aime chez elle.

– A chacun la sienne, ai-je dit. C'est ce qui fait l'intérêt des paris.

– New York va tout changer, a dit Jack. Je suis tellement excité, je suis au bord de l'explosion!»

Chapitre 6

Jack avait rencontré le Capitaine Marr, mais moi jamais. Dill non plus. Il était prévu que nous allions au Royaume-près-de-la-mer faire sa connaissance le vendredi soir d'avant notre expédition à New York. Nicki disait qu'il voulait voir un peu nos têtes, avant de la laisser partir avec nous pour le week-end.

Mais le vendredi soir, l'homme de confiance du Capitaine, Toledo, surnommé dans la région Mister T., a cassé les deux bras de Charlie Gilhooley. Le Capitaine devait aller payer sa caution pour le faire sortir de prison. Charlie Gilhooley dirigeait les pompes funèbres Witherspoon. A Seaville on l'appelait le Gay Entrepreneur. C'était un grand type blond efféminé qui n'aurait pas plus dragué Toledo qu'il ne se serait mis devant un train en marche. Mais Toledo prétendait que c'était ce qui s'était passé, dans le bar glauque du Royaume, où Charlie s'était arrêté pour boire un verre après un enterrement au cimetière de la Dune.

Quand nous sommes partis, tôt le samedi matin, Toledo était encore en prison, à attendre que les histoires de caution soient réglées.

Nous avons d'abord pris Dill. Elle n'avait pas emporté de jupe, encore moins une robe. Quand elle avait fait le point avec moi sur ce que j'allais mettre, j'avais dit que je n'allais pas emporter de cravate, pas pour un concert de rock.

Dill portait un Guess? moulant et une veste en jean, achetée pour l'occasion. Elle avait aux pieds des Reebok, et elle portait une petite valise avec l'autocollant marron et blanc du lycée de Seaville.

Puis nous sommes partis en direction de la mer pour aller chercher Nicki. Elle nous attendait près du pont-levis, dans une chemise de laine, une petite jupe tube et un immense blouson. Elle avait des talons hauts qui s'enfonçaient dans le sable. Elle portait un sac en toile avec deux badges de U2, et un autre où était marqué *Je brûle*.

La tension entre Dill et Nicki était à couper au couteau. Je savais que tout cela, c'était parce que Dill détestait que Nicki soit mieux habillée qu'elle. Je connaissais Dill. Où que nous allions, Dill pouvait me dire après ce que portait chaque fille, avec tous les détails qu'on peut lire sous une publicité dans un magazine de mode.

Dill ne disait pas grand-chose. Ce n'était pas la peine. Elle émettait le genre de vibrations qui transforment l'eau en glace.

Nicki n'était pas fille à se laisser abattre. Elle a parlé de la mignonne petite valise qui était par terre à l'arrière – «il y a quelqu'un ici qui a vraiment l'esprit de l'école» – et elle fumait comme une enragée, cependant que Dill agitait les mains pour chasser la fumée et baissait sans arrêt la vitre arrière.

Dill a donné le coup d'envoi en évoquant ce pauvre Charlie; comment avait-on pu laisser faire ça? Jack a dit que Charlie finalement n'avait eu que ce qu'il cherchait.

Nous étions tous habitués à Charlie, à Seaville. Ce n'était pas un pédé macho comme certains qui venaient à Seaville pour les week-ends et en été. Vous saviez ce qu'était Charlie rien qu'en le voyant, et si vous l'entendiez derrière vous au restaurant, il n'y avait pas de doute non plus. Charlie ne demandait rien, seulement qu'on le laisse tranquille, avec ses fluides à embaumer et ses cortèges funèbres. Je pense que la plupart d'entre nous à Seaville avaient pour Charlie cette sorte d'affection que toutes les petites villes portent à leurs personnages. Il était notre homosexuel.

Nicki a dit : « Ne prends pas le parti de Toledo à cause de moi, Jack. Tu vois, Toledo a peur ; si les pédés venaient traîner au bar, ce serait mauvais pour les affaires, le peu qu'on en fait.

– L'histoire, c'est que Charlie s'est approché de Toledo, il a dit : *Salut mon chou,* et Toledo l'a ceinturé méchamment, a dit Jack.

– Ben voyons, ai-je dit, c'est tout à fait le style de Charlie.

– Je vais vous dire ce qu'on raconte, OK ? a dit Jack. Toledo a ceinturé Charlie, il l'a soulevé de terre et il l'a jeté dehors. Toledo est parti, Charlie a réussi à se redresser sur un coude, et il a appelé Toledo : *Ouhouh, je te pardonne.*

– Ça c'est une blague dégueulasse, ai-je dit.

– Ça ne s'est pas du tout passé comme ça, a dit Nicki. *Tu vois, il suffit qu'il y en ait un qui vienne, les autres suivent,* c'est ce que dit mon père ; alors Toledo lui a demandé de partir avant de lui servir à boire. Mais Charlie ne voulait pas.

– Je suis en train d'essayer de faire une blague avec ça, a dit Jack. Qu'est-ce qu'un bar pédé sans tabouret ? C'est les pédales sans la selle. »

Dill a trouvé que c'était drôle, et elle a fini par se dérider.

Elle s'est appuyée contre moi et elle a chuchoté: «Mon chéri, tu crois que ça t'arrivera encore de rire?»

J'ai chuchoté en retour: «Mon cœur, quand on ne baise pas, les muscles se coincent de telle sorte que ça empêche de rire.

– C'est ton problème, Rudd!» a dit Dill.

Nous sommes arrivés chez Pete vers onze heures du matin. C'était dans la Dix-huitième Rue, au deuxième étage d'un vieil immeuble en briques. Pete le sous-louait à un professeur parti en année sabbatique à Londres.

D'entrée de jeu, Jack a dit que lui et Nicki voulaient passer la nuit dans le salon. Nicki serait contente de s'endormir en regardant MTV, et puisque c'était chez mon frère, Dill et moi n'avions qu'à prendre la chambre. Je connaissais mon Jack. La première chose qu'il faisait quand nous nous arrêtions à Montauk Point avec nos copines, c'était de monter le son de la radio.

Dill et moi étions attendus pour déjeuner chez Tante Lana, à Washington Heights. Dill disait que Tante Lana souhaitait rencontrer le motif de son mensonge.

Sans attendre, Nicki a mis MTV.

Cyndi Lauper chantait sa vieille chanson *She Bop*.

«J'adore ce truc! a dit Nicki.

– Tu sais de quoi ça parle? a dit Dill. Beurk!

– C'est juste sur la masturbation, a dit Nicki.

– Ah oui?» ai-je dit.

Dill a fait une autre grimace et Nicki s'est mise à rire. Elle était assise sur un coussin par terre, en face de la télé, et elle faisait des ronds de fumée.

Elle a dit: «Cyndi Lauper est géniale, sa mère est dans presque tous ses clips. Et puis elle est gémeaux, comme Erick et moi.»

«C'est l'heure de se mettre au boulot!» a crié Jack.

Il avait été entendu que nous dînerions à la maison, pour faire des économies, et Jack et Dill se sont activés dans la petite cuisine de Pete: Dill préparait une tourte à la viande pour plus tard, Jack se concentrait sur ce qu'il appelait un thé Long Island, boisson à laquelle, disait-il, nous goûterions tous après le concert de Springsteen, pour fêter son anniversaire.

Je tenais compagnie à Nicki dans le salon.

«Ça ne m'était jamais arrivé de voyager en bande, a dit Nicki.

– C'est le contraire qui ne m'était jamais arrivé, ai-je dit.

– La plupart du temps, j'étais avec Ski. Tu l'as connu, Ski?

– Je le voyais pétarader avec sa Kawasaki. Je te voyais te cramponner de toutes tes forces à l'arrière.

– J'adorais rouler là-dessus! (Elle tenait sa cigarette entre ses dents, comme elle faisait.)

– Tu n'as jamais eu peur de te casser la figure? lui ai-je demandé.

– Je n'avais peur de rien avec Ski. J'avais bien plus peur d'aller dîner chez Jack.

– Mais c'était bien?

– Bien? Je n'appelle pas ça bien, tout le monde qui te regarde pour voir si tu es à la hauteur. Je déteste ces conneries de réunions de famille.

– Au fait, qu'est-ce qu'il est devenu, Ski?

– Il s'est fait choper pour drogue. Quand tu t'appelles Walter Ruski, tu te fais coffrer quand tu enfreins la loi. Quand tu t'appelles Richard Gaelen, on fait une fête pour ta femme et ça paie les dettes. »

J'ai levé les mains en l'air comme si elle braquait un revolver.

« Richard Gaelen, c'est le mari de la meilleure

amie de ma mère, ai-je dit, piteux.

– Et c'est un escroc ! a dit Nicki.

– Il s'en est tiré », ai-je convenu.

Renversée en arrière, Nicki s'appuyait sur les mains, et la fumée montait en spirale devant sa figure. « Tu vois, Jack, il m'emmène chez lui pour me présenter à ses parents. Il veut que je fréquente ses amis. C'est peut-être comme ça que ça devrait se passer. Mais ce n'est pas comme ça que ça se passe vraiment, et je n'aurais jamais été une vraie pom-pom girl si ces salopes avaient voté pour moi ! Moi je viens d'ailleurs. Je ne suis pas comme elles. Et je n'en ai pas envie.

– Si tu n'as pas envie d'être comme elles, ne te force pas.

– Je veux être mieux qu'elles. Je veux être comme Cyndi Lauper. Elle est restée comme elle était, et elle a mieux tourné que tous ces gens qui pensaient qu'ils étaient mieux qu'elle.

– Le rock, c'est plein de perdants d'hier, ai-je dit.

– D'hier, c'est ça. Regarde-les maintenant.

– Avec Ski, tu n'as pas eu droit aux réunions de famille ?

– Je connaissais sa famille parce que j'étais avec lui, mais pas plus que ça.

« – Et avec T.X. ?

– T.X. ? Tu rigoles !

– Bucky ? »

Elle a secoué la tête, vigoureusement, comme si je lui demandais un truc dingue, du style où est enterré le million de dollars.

« J'ai été habituée aux moins que rien, qui ne pensent qu'à une chose, a-t-elle dit. Et je ne parle pas de Jack. Je sais que Jack n'est pas comme ça. »

Celui-là, je n'allais pas y toucher, même avec des pincettes.

J'ai dit : « Moins que rien, c'est une expression de ma mère.

– Ma mère aussi le disait. Elle disait : *Nicki, ne laisse personne te traiter comme une moins que rien, car un psy célèbre m'a dit un jour que dans une autre vie j'avais appartenu à la famille royale.* »

Ça m'a fait rire. Nous étions tous les deux en train de rire quand Dill est sortie de la cuisine, et a dit qu'il était l'heure d'aller chez Tante Lana.

Juste avant de partir, je suis allé dans la petite salle de bains, et Jack s'est faufilé derrière moi. « A quelle heure vous rentrez ?

– Comment tu veux que je sache ?

– Donne-moi une heure !

– Quatre heures. Ça te va ? »

Puis j'ai dit : «Jack, elle vient justement de me dire qu'elle est habituée aux garçons qui pensent qu'à une seule chose, mais que tu n'es pas comme ça.

– Mais si, je suis comme ça. Elle ne sort jamais avec des types qui ne sont pas comme ça.

– Peut-être tu ne devrais pas lui sauter dessus pour commencer.

– Et quand veux-tu que je lui saute dessus ? Cette nuit ? Avec vous dans la pièce à côté ?

– Peut-être tu ne devrais pas te précipiter, c'est tout.

– Et pourquoi je ne devrais pas ?»

Sur le mur au-dessus de la tête de Jack, il y avait le vieux dessin de Pete représentant M. Spock de *Star Trek*. Spock regardait une femme d'un air songeur, avec cette légende en dessous :

Mais l'amour ? L'amour est illogique.

Je me disais que si Jack l'aimait vraiment, il aurait un peu plus de finesse. Il n'essaierait pas de l'envoyer au tapis à la première occasion.

«Tous ceux avec qui elle est sortie se sont jetés sur elle, ai-je dit.

– C'est bien pour ça que je dois le faire aussi. Sinon elle va penser que j'ai un truc qui ne tourne pas rond.

– Elle ne va pas penser ça.» Je ne savais pas pourquoi cela devrait me tracasser.

«Bon, je vais y penser, a dit Jack. Je ne suis pas toi, Erick. Je ne vais quand même pas attendre maintenant que j'ai rencontré quelqu'un dont je suis fou! J'ai dix-huit ans, bon Dieu!»

Puis il m'a donné un coup de poing, et a dit: «Souhaite-moi bonne chance!»

Chapitre 7

Une chose que je n'aurais jamais pu dire à qui que ce soit, c'est «Je t'aime», pas même à Dill. Je pouvais écrire «Je t'aime!», je pouvais signer des petits mots «Je t'aime plein», et envoyer des cartes avec des poèmes à l'eau de rose, mais sortir ces trois mots oralement, je ne pouvais pas.

Pete disait de ne pas m'inquiéter pour ça – même Papa a réussi à les sortir quand il a rencontré Maman. «Tu les diras le moment venu, disait Pete, peut-être pas à Dill; quand tu seras prêt.» Je lui avais dit: «Mais je suis prêt et pas capable de les prononcer; j'ai l'air d'un imbécile. L'autre chose, disais-je à Pete, c'est que je déteste regarder la télévision ou aller au cinéma avec Dill quand il y a un personnage qui dit *Je t'aime,* parce que je pense toujours que Dill est en train de se demander pourquoi je ne le dis pas. Elle oui, mais moi non.»

Je pensais à tout cela pendant que Dill et moi étions à Washington Heights, chez sa tante Lana.

C'était une fantastique après-midi de début d'automne, le genre de samedi qui vous fait penser à des parties de foot, qui sent le feu de bois, même s'il n'y a aucun feu alentour, assez frais pour porter des pulls, mais trop doux pour porter des gants ou des manteaux.

Nous avons remonté en bus Madison Avenue, et quand nous sommes passés près de la Quatre-vingt-dixième Rue, je lui ai dit que c'était là, Southworth, l'école où Pete enseignait.

« Quelquefois, je regarde Pete, et je pense que tu seras comme ça quand on sera mariés, a dit Dill. C'est comme voir dans l'avenir.

– La dernière chose que je ferais serait d'être prof, pourtant. C'est d'ailleurs la dernière chose qu'on me laisserait faire.

– Tu pourrais être prof, si tu voulais. Tu peux faire tout ce que fait Pete.

– Quand j'étais petit, je me disais que je n'arriverais jamais à faire aussi bien que Pete.

– Tous les petits frères sont comme ça, a dit Dill. Mais tu es déjà comme Pete. Tu as son sens de l'humour, et tu as son haut sens moral, et tu as ses petites fesses. » Elle m'a pincé. Elle a dit : « Bon, maintenant voyons de mon côté, notre brebis galeuse. Ma tante est la seule Dilberto à avoir fait une fugue ! »

On n'aurait jamais imaginé, en voyant la tante de Dill, qu'elle s'était un jour enfuie avec un guitariste espagnol du Bronx nommé Gustavo Quintero.

C'était une petite dame à lunettes, genre professeur de musique, avec des yeux bleus comme ceux de Dill et des cheveux gris fer, coupés court et frisottés. Le seul indice de son passé scandaleux était le bric-à-brac en forme de guitare qui envahissait son petit appartement : ronds de serviette, cendriers, presse-livres, pots à crayons, tout en forme de guitare.

Elle paraissait beaucoup plus jeune que M. Dilberto, et ce que j'aimais le plus en elle, c'était qu'elle le détestait autant que moi. Elle l'appelait Bertie, et disait que si on shootait dans son cœur, on se casserait un doigt de pied.

« Oh, Tante Lana ! a dit Dill. Au fond, tu l'adores, Papa !

– Si tu veux dire par là que mon amour pour lui est bien au fond, sous les décombres, alors tu as raison… Je peux imaginer ce que vous traversez. Bertie ne pense pas que Dieu soit assez bien pour sortir avec une Dilberto. Et qui sommes-nous ? Les simples descendants de cordonniers vénitiens qui ont pris le bateau comme tout le monde au bon vieux temps des Etats-Unis d'Amérique... Qu'est-ce qu'il te reproche, Erick?»

Nous étions en train de manger une salade de poulet dans son minuscule logis.

«Il trouve que je devrais essayer Harvard ou Yale.

– Ou Princeton ou blablabla, a-t-elle dit. C'est tout Bertie.

– Erick, a dit Dill. Tu exagères.

– Bertie n'aboie pas, il mord, a dit Tante Lana. L'homme que j'aimais ne savait ni lire ni écrire. Vous imaginez ce que Bertie en a fait.

– C'est vrai, c'était horrible, a acquiescé Dill. J'ai entendu parler de cette histoire. Papa a fait croire qu'il avait oublié ses lunettes à la maison, il a passé le menu à Gustavo et lui a demandé quelles étaient les spécialités du jour.»

Tante Lana a dit: «Je me suis méfiée quand il nous a invités à dîner (Allez, Lana, laisse ton grand frère t'entretenir, toi et ton nouveau galant.) Je le savais tout de suite quand Bertie avait quelque chose en tête... Je vais vous dire les enfants: les gens sont petits quelquefois. Très petits. Ils disent qu'ils agissent pour votre bien, mais ils ne font qu'aggraver leur petitesse naturelle. On dirait qu'ils ne pensent même pas à remercier Dieu que tout aille bien dans leur vie. Il faut qu'ils essaient à tout prix que votre vie à vous soit comme ils pensent qu'elle devrait être. Si ce n'est pas le cas, si cela ne peut pas être le cas, si vous ne voulez pas que ce soit le cas, ça ne les arrête pas pour autant… Bertie commençait rituellement ses phrases par *Lana, si j'étais toi…* Et moi : *Mais tu n'es pas moi ! Personne ne peut être moi, à part moi… !* Si Bertie était Dieu, toutes les empreintes digitales seraient identiques. »

Dill a essayé plusieurs fois de détourner la conversation. Je ne crois pas qu'elle s'attendait à cette diatribe contre son père. J'avais un peu de peine pour elle. Même si je ne portais pas M. Dilberto dans mon cœur, je savais quel effet ça faisait, de se sentir tout à coup à peu près aussi bien qu'un parent d'Hitler. Après la grande fête de ma mère pour Liz Gaelen, j'avais ressenti ça, quand je lisais toutes les lettres de protestation dans le *Seaville Star*.

Au moment de la quitter, j'ai réalisé que, pour tante Lana, Dill et moi avions rejoint Roméo et Juliette dans le club des amants maudits.

Sur le pas de la porte, elle a dit : « Si Bertie téléphone ce soir, je dirai que tu es sortie s'il est tôt, et que tu es sous la douche, s'il est tard. Puis je t'appellerai, et comme ça tu pourras lui téléphoner. »

Derrière elle, il y avait une broderie au mur, en forme de guitare, avec ces mots :

Elle disait : Combats le destin,
Convaincs pour nous la chance.
Elle disait : Combats le destin,
Gus, nous n'avons rien que nous.
(d'une chanson de Gustavo Quintero).

Quand nous sommes partis, Dill m'a dit qu'elle mettait par écrit toutes les chansons qu'il composait. « D'après Papa, elle passait des nuits à les transcrire, comme s'il était Billy Joel, dans les affreux bars de routiers où il jouait.

– Qu'est-il devenu ?

– Ils étaient mariés depuis six ans, à peu près, quand Papa a décidé d'accueillir Gustavo dans la famille et d'arrêter de le critiquer. Lana lui manquait, c'est pour ça que… Un an après, Gustavo est parti acheter un paquet de cigarettes et il n'est jamais revenu. Je suis contente que tu ne fumes pas.

– Elle aura eu sa grande histoire d'amour, en tout cas.

– Quelquefois je me dis que c'est grâce à Papa. Papa dit qu'il n'y a rien de tel que l'interdiction pour attiser les flammes de la passion. » Dill s'est cognée contre moi et a souri. «Est-ce que nous sommes en train de vivre notre grande histoire d'amour?

– Moi oui, ai-je dit. Et toi?

– Si tu le dis, c'est que c'est oui.»

Mais nos petits jeux, à Dill et à moi, n'étaient plus si drôles. J'avais suggéré qu'on marche jusqu'aux Cloîtres, nous étions tout près. Sur le chemin de terre qui traversait le parc de Fort Tryon, je ne pouvais pas m'empêcher de penser que nous étions loin d'être ce que sa tante croyait que nous étions. Dill et moi, nous n'étions que des enfants en train de jouer.

Je pensais à Jack et à Nicki, aussi, et à ce qui se passerait en rentrant chez Pete.

La première fois que j'étais venu aux Cloîtres, j'étais avec Maman. C'est un musée d'art médiéval qui donne sur l'Hudson. L'endroit est magnifique, mais je n'avais jamais eu aucun goût pour les vieilles peintures et les tapisseries, contrairement à Maman ou à Pete. Maman disait qu'un jour j'y viendrais, ce que Pete disait à propos du «Je t'aime». Pendant que Dill délirait sur ce que nous voyions, et que je faisais semblant d'être tout aussi fasciné, j'ai regretté de ne pas être adulte.

Plus tard, nous nous sommes assis sur un banc

en pierre, une légère brise soufflait de la rivière, et Dill a dit : « Pourquoi tu n'arrêtes pas de regarder ta montre ?

– Je n'arrête pas de regarder ma montre ?

– Oh ! J'ai compris. Il ne faut pas qu'on revienne avant une certaine heure. Quelle heure ?

– Quatre heures. On peut y aller. Le bus met du temps. »

Nous sommes partis, en marchant lentement.

« J'ai l'impression qu'il faudrait que je m'excuse, a dit Dill.

– T'excuser de quoi ?

– De ne pas être une petite coureuse comme Nicki Marr.

– On ne peut pas se refaire, ai-je dit… Comment ça se fait, c'est très bien que Jack sorte, mais elle, c'est une petite coureuse ? »

Dill a laissé courir.

Elle a dit : « Qu'est-ce qui vous faisait tellement rire quand je suis sortie de la cuisine, ce matin ?

– Un truc que sa mère a dit une fois.

– Tu aurais dû voir ta tête.

– Qu'est-ce qu'elle avait ma tête ?

– Rien. Tu avais l'air éperdument heureux. »

Dans le bus, Dill a dit : « Est-ce que tu sais comment Annabel Poe Marr est morte ?

– Non, je ne sais pas grand-chose de Nicki.

– C'est une histoire triste. Je serais désolée pour elle, si toutefois, étant une fille, j'en avait le droit.

– Qu'est-ce qui est arrivé à sa mère ?

– La mère de Jeannie Gaelen était en train de vendre à Mme Marr une partie de ma garde-robe. C'était juste à l'époque où le père de Jeannie avait des histoires. Seulement personne à Seaville ne le savait encore. Ils avaient désespérément besoin d'argent. Plein de femmes en ont en revendant leurs affaires à la Boutique d'Annabel. Elles ne veulent pas le reconnaître, mais je pourrais te donner des noms.

– Et ?

– Et Mme Marr est venue à la propriété acheter les vêtements. Personne ne veut être vu dans cette boutique. C'est la preuve à tous les coups que vous êtes fauché. Enfin, Annabel Poe était du genre maladif, entre autres. Maladive, avec des dons de médium : elle organisait des séances sur les dunes au Royaume-près-de-la-mer… Elle avait le cœur fragile. Elle a eu une crise cardiaque pendant qu'elle était chez les Gaelen… Au lieu d'appeler une ambulance, la mère de Jeannie a appelé le Capitaine. Tu sais pourquoi elle n'a pas appelé l'ambulance ? Elle ne voulait pas que ça se sache qu'elle faisait affaire avec Mme Marr. Il ne pouvait pas y avoir d'autre explication à la présence de Mme Marr chez les Gaelen.

– Joli, ai-je dit.

– Je sais. Jeannie se sent mal avec cette histoire… On a eu du mal à joindre le Capitaine. Il est arrivé environ une heure et demie après. Annabel Poe est morte sur la route de l'hôpital, dans la camionnette du Royaume.

– Vraiment joli.

– Jeannie était prête à faire entrer Nicki dans les majorettes rien que pour ça.

– Et pourquoi pas ? J'en aurais fait autant.

– Tu ne peux pas voter pour quelqu'un uniquement parce que tu es désolé pour lui.

– Pourquoi est-ce que ça aurait été si terrible que Nicki soit pom-pom girl ?

– Elle n'a pas l'étoffe d'une pom-pom girl. Elle n'a pas l'esprit de groupe qu'il faut.

– Quelle différence ça fait ?

– La différence entre une bonne équipe de pom-pom girls et une mauvaise, a dit Dill… Je ne pense pas non plus qu'elle soit folle de Jack. Je soupçonne quelque chose d'autre.

– Quel genre ?

– Genre la façon dont elle te regarde. Genre la

façon dont elle délire sur la photo de toi et Pete, sur le bureau de Pete, la façon dont elle a dit qu'il y avait quelque chose chez les hommes roux qui pouvait ouvrir son âme et faire sortir le démon. Tu l'as entendue, celle-là ?

– Mais c'est un truc qu'elle a pris dans une vieille chanson de REO Speedwagon. Elle nous l'a chantée à Jack et à moi, samedi dernier.

– Je me fiche d'où ça vient ; elle ne disait pas ça pour Jack. Et ça : *Oh ! Cyndi Lauper est gémeaux* (Dill essayait d'imiter Nicki), *comme Erick et moi !* »

Je n'ai rien répondu.

« Si elle aime tellement *She Bop,* elle n'a qu'à le mettre en pratique.

– Qui ne le fait pas ? ai-je dit. Au moins, elle n'est pas limitée à ça.

– Merci, Rudd ! » a dit Dill.

Quand nous sommes arrivés à l'immeuble de Pete, après avoir laissé le bus à la Dix-huitième Rue, Dill a dit : « On frappe d'abord, ou on entre ?

– Jack sait qu'on devait rentrer à quatre heures. Il est dix. »

Mais nous avons fait beaucoup de bruit en montant l'escalier.

J'ai donné plusieurs coups de sonnette, j'ai mis ma clé dans la serrure et j'ai ouvert la porte.

Dill était juste derrière moi. Je l'ai entendue retenir son souffle quand nous sommes entrés, et murmurer : «Oh, non!»

Ils étaient tous les trois assis dans le salon, Jack, Nicki et mon père.

Papa a dit : «Tout va bien, Erick?»

Rien n'avait l'air d'aller bien. Jack avait le nez sur ses chaussures, et Nicki contemplait ses mains croisées sur ses genoux.

Papa s'est levé. C'était la première fois que je le voyais avec un vieux pantalon et un pull à New York.

J'ai dit : «Maman va bien?»

J'étais incapable d'imaginer d'autre explication à sa présence : il était arrivé quelque chose à Maman.

«Elle va très bien. Maman va très bien, a dit Papa. Mais le petit virus de Pete l'a conduit hier soir à l'hôpital Saint-Vincent. Je pense qu'ils vont le laisser sortir tout à l'heure. Alors, pourquoi ne pas venir chez moi, les enfants?»

Papa savait que Jack et moi dormions chez Pete, mais je lui avais dit que Dill et Nicki habiteraient chez la tante de Dill.

Je crois que Papa a compris tout seul, car tandis que nous rassemblions nos affaires, il n'a pas demandé une seule fois si les filles avaient des bagages à prendre à Washington Heights.

Dans le taxi, Dill a balbutié deux ou trois mots d'un air coupable, comme quoi nous avions de la chance d'aller dans son superbe appartement.

«Oui, a dit Papa, mais vous allez devoir me supporter… Vous les filles, en tout cas, je vous donne la chambre.»

J'étais devant, à côté du chauffeur. Je n'osais pas me retourner pour voir la tête de Dill, de Jack, ou de Nicki.

Chapitre 8

Je n'ai jamais pu regarder un chanteur sur une scène sans m'identifier à lui. Si cela avait été Boy George ce soir-là, je me serais probablement vu avec une perruque, ou des lentilles rouges et du rouge à lèvres, en train d'imiter sa démarche loufoque. Mais je me représentais en Bruce Springsteen. Je m'imaginais avec une barbe de plusieurs mois, une bandana rouge et blanc enroulée autour du front, des cheveux longs et un vieux T-shirt aux manches roulées, taché de sueur, me collant au dos.

Quand il s'est lancé dans son vieux tube *Born in the USA*, il dégoulinait, et il avait l'air d'un supermacho, il boxait dans le vide, il faisait saillir ses muscles… Je prévoyais déjà de m'entraîner.

Les trois quarts du temps, nous étions debout sur nos chaises. Une partie de moi-même planait autant que les autres, qu'ils carburent à la coke, à la marijuana ou à l'alcool, mais l'autre partie remâchait les pensées que j'avais eues toute la journée : quelque chose me manquait, il fallait que je change. Apparemment j'étais incapable de faire abstraction de moi-même, même pour Springsteen.

J'étais tout aussi incapable de faire abstraction de Nicki.

A la seconde où elle était apparue à la porte de la chambre de mon père, j'avais enregistré deux images. Elle portait ses bas résilles noirs avec une robe orange. Et incliné sur l'œil, un grand chapeau noir. Mais c'est le dessin sur la veste frangée en cuir noir qui m'a frappé. On voyait une Corvette blanche rentrer dans une Porsche rouge, avec derrière d'autres voitures de sport encastrées les unes dans les autres, le tout entouré d'étoiles blanches. En dessous, en jaune, il y avait le mot : *ACCIDENT.*

Elle avait dit que c'était Ski qui avait déniché ça pour elle.

« Qu'est-ce que c'est censé vouloir dire ? lui ai-je demandé.

– Rien, un accident, tu vois ? »

Je n'ai pas arrêté de la regarder pendant tout le concert.

Si quelqu'un savait profiter d'un concert de rock, c'était bien Nicki. Debout sur son siège, elle était hypnotisée quand Bruce Springsteen chantait des chansons comme *I'm on Fire*, puis elle sautait, pour danser dans les allées sur des titres comme *Thunder Road,* et *Dancing in the Dark*. Elle chantait, sifflait, criait, hurlait, applaudissait.

Dans son T-shirt de Sting que Nicki lui avait donné pour son anniversaire, Jack faisait tout ce qu'il pouvait pour se stimuler, en sirotant à petites gorgées le thé Long Island qu'il avait apporté dans une fiasque. Dill était excitée, mais Dill excitée, c'était Dill qui souriait jusqu'aux oreilles et agrippait ma main – rien n'emballait jamais Dill complètement.

Tous les trois, nous avions l'air d'adultes qui auraient amené une gamine au cirque, seulement Nicki n'était pas une gamine – une bouffée de son parfum vous le rappelait, un coup d'œil à ses longues jambes qui bougeaient en rythme, le bracelet en strass qui étincelait à sa cheville.

Nous étions tous complètement sabordés après ça, et dans le taxi qui nous ramenait chez Papa, j'ai demandé à Pete ce qu'il y avait dans son thé. Il était là en train de chanter la vieille scie d'Elvis Presley *Can't Help Falling in Love*, premier rappel de Bruce Springsteen. Jack en donnait une version lente, hébétée, battant la mesure avec ses mains.

«Prends-en, tu verras.» Il m'a passé la fiasque.

«Erick, a dit Dill. Ce n'est pas du thé. J'étais là, ce matin, quand Jack l'a fait.

– Je sais bien que ce n'est pas du thé, mais qu'est-ce qu'il y a dedans? C'est fort?

– Si c'est fort!» a dit Nicki, mais elle avait seulement goûté. Aucun de nous ne buvait.

«Il y a de la tequila, du rhum, de la vodka, du gin, du triple sec et du jus de citron, a dit Dill.

– Et du Coca-Cola, a dit Jack. Tu en prends juste une goutte. Prends-en!»

J'ai renoncé.

Nous avons tous renoncé, sauf Jack. Papa avait bousillé cette partie de la fête. Même s'il avait dit qu'il rentrerait tard pour que nous puissions avoir l'appartement à nous, je n'osais pas me défoncer avec lui dans les parages… Je n'arrivais pas à savoir de quelle humeur était Papa. Il ne semblait pas du tout furieux de ce que les affaires des filles étaient chez Pete. Tout ce qu'il voulait, c'était qu'on promette de ne pas traîner après le concert. «Prenez une pizza en passant, au coin de la Quatre-vingt-deuxième Rue et de la Deuxième Avenue, avait-il dit. A demain, ou tout à l'heure si vous restez debout très tard.»

Nous nous sommes arrêtés pour la pizza. (On

avait laissé la tourte à la viande dans le réfrigérateur de Pete.)

Quand Jack et moi, nous sommes allés payer à
la caisse, j'ai dit: «A quel moment mon père a
débarqué?» Nous n'avions pas pu échanger trois
mots depuis la matinée.

«Avec Nicki, on est allés faire un tour, dès que
vous êtes partis, toi et Dill. Nicki s'est mise à parler
de rentrer à Seaville tout de suite. Elle veut toujours repartir quand elle arrive quelque part. J'ai
réussi à la calmer, mais il était là quand on est
revenus de la promenade, vers trois heures.

– Désolé, mon pauvre vieux.

– Pas de quoi. Ça n'aurait pas marché de toute
façon. Elle aurait fait n'importe quoi pour voir
Springsteen, et puis elle ramène son *On s'en va*
de merde! Ça me dépasse. Elle dit qu'elle a horreur
de rester jusqu'au bout d'un truc.

– Elle ne tourne pas rond, ai-je dit, et j'ai
remarqué que Jack titubait.

– Cette fille, c'est le grand huit. Je plane!

– Tu planes, d'accord. Pourquoi tu bois?

– Pas de sermon façon Paul l'entraîneur, s'il te
plaît.

– Paul te ferait la peau s'il te voyait dans cet
état.

– Je suis en pleine forme ! a dit Jack.

– Tu entends ce que je te dis, Jack ? Tu n'es pas vraiment irrésistible quand tu bois. En plus tu chantes faux.

– Tu entends ce que moi je te dis ? Je vais sûrement l'épouser, cette fille !

– C'est ça, tu vas l'épouser. » Je ne voulais pas en entendre davantage. « De quoi vous avez parlé pendant une heure, en nous attendant ?

– De la fac. Des examens. Ton père dit que je devrais aller à l'université, et il a réussi à faire dire la même chose à Nicki. Je n'ai pas arrêté d'y penser pendant le concert, je devrais peut-être y aller.

– Alors vas-y ! ai-je dit.

– C'est débile, comme idée, juste au moment où je rencontre quelqu'un que je ne veux pas quitter de ma vie. A quelle fac je pourrais bien aller ?

– Merde, Jack !

– Ne dis pas merde Jack ! A quelle fac je pourrais bien aller ?

– A quel fac je *pourrai* aller, au futur. On en reparlera quand on sera à Seaville. Tu n'es pas en état, mon vieux.

– Je l'aime, Erick. Elle dit que nous devons faire attention, aujourd'hui, parce que c'est le cinq, et cinq, c'est un chiffre qui porte malheur.

– Eh bien ça suffit pour aujourd'hui. Je vais avoir des problèmes avec Papa si tu es bourré quand il rentrera.»

L'appartement de Papa consistait en une chambre, une salle de bains, un bureau et une cuisine prise sur le salon. Je me disais que Papa pourrait dormir sur le canapé de son bureau, Jack sur le canapé du salon, moi sur les coussins du canapé, par terre dans le salon.

C'était une idée de Dill, de se mettre en tenue pour la nuit, puis de manger la pizza dans le salon en regardant MTV.

Comme Jack et moi nous n'avions rien de spécial à nous mettre (on dormait en caleçon), nous avons mis la pizza sur la table basse, et nous avons pris des assiettes en carton dans le buffet de Papa.

Dill est sortie la première de la chambre, avec un vieux pyjama rayé qui appartenait à son père. Elle avait fait des revers aux manches et aux bas du pantalon.

Je l'ai attirée dans la cuisine. «Jack continue à boire.

– Moi aussi je boirais, si je sortais avec elle pour mon anniversaire. Est-ce qu'elle a pensé au gâteau? A des bougies qu'on pourrait mettre sur la pizza? Quelque chose?

– Elle lui a offert un T-shirt, ai-je dit.

– Qui partira en lambeaux au premier lavage, a dit Dill. Elle n'en voudrait pas pour elle. Tu as vu ce qu'elle a emporté comme affaires pour le week-end ?»

Pile à ce moment-là, Nicki est sortie de la chambre dans une robe longue en soie savamment déchirée dans le bas, avec en dessous quelque chose de blanc, en soie, qui avait aussi l'air déchiré. Nu-pieds, le bracelet en strass à la cheville. Ses longs cheveux blonds étaient retenus par le foulard en dentelle blanche qu'elle portait autour de cou au concert.

Nous étions assis en rond à dévorer la pizza en regardant MTV, mais la soirée avait perdu tout intérêt pour Dill, qui ressemblait à un petit garçon sur le canapé de Papa. Etalée sur le tapis, appuyée contre un coussin, Nicki envoyait au plafond des ronds de fumée parfaits. Le thé Long Island commençait à faire son effet sur Jack. Il était lui aussi allongé sur le tapis, et il essayait de parler en gardant les yeux fermés, prêt à s'endormir.

Dans l'appartement de Papa, on avait toujours l'impression que la femme de ménage venait de passer, et quand nous avons eu fini de manger, je me suis dépêché de débarrasser l'emballage de la pizza et les assiettes en carton afin de les descendre à l'incinérateur.

Dill est entrée dans la cuisine et a dit : «Il ne lui manque plus qu'un boa en plumes autour du cou. J'ai l'impression d'être une élève de troisième qui en serait encore à sa phase garçon manqué.

– Qu'est-ce que je vais bien pouvoir faire de Jack quand Papa va arriver ?

– Laisse Jack où il est. J'emmène l'autre se coucher. On reprendra tout de zéro demain, OK ?»

Je l'ai embrassée. J'ai dit : «Est-ce que tu veux aller te promener à Central Park demain matin ? De bonne heure ?

– S'il te plaît, rien que nous deux», a dit Dill.

Je l'ai embrassée encore une fois. J'entendais Nicki qui disait : «Jack ? Réveille-toi !» Je savais qu'elle ne pourrait jamais le réveiller s'il était tombé dans les pommes.

J'entendais les Honeymoon Suite chanter leur vieille chanson sur une chaude soirée d'été et une nouvelle fille.

«Nicki ? a appelé Dill. On se couche. OK ?

– OK, a-t-elle crié en retour. J'arrive, prends la salle de bains la première.»

Je suis allé tout mettre dans l'incinérateur.

Quand je suis revenu, Nicki était dans la cuisine.

De l'entrée, j'ai entendu l'eau couler dans la salle de bains.

«Je n'arrive pas à réveiller Jack, a dit Nicki. (Elle était appuyée contre le réfrigérateur et me regardait.) Qu'est-ce que tu as préféré dans le concert?

– *Thunder Road*, je crois. J'aime bien, à la fin, quand il se met à genoux et qu'il va rejoindre le saxo.

– Ce que je préfère, c'est *Born in the USA*, a dit Nicki. Quand il parle de la femme que son frère a aimée à Saigon, et qu'il a une photo de son frère dans les bras de cette femme.»

Je ne pouvais pas m'empêcher de respirer son parfum.

Elle a dit: «J'aime aussi *Dancing in the Dark*. Ça ne me dérangerait pas qu'on me demande de danser avec lui comme cette fille ce soir. Il faisait la même chose dans le clip, il demandait à une fille dans le public de monter sur scène.

– Nicki, ai-je dit, Jack ne boit pas d'habitude.

– Ça m'est égal que les gens boivent. Ski buvait.

– Je voulais juste que tu le saches.

– Le problème, c'est comment les gens boivent.

– C'est pour ça qu'il ne tient pas l'alcool. Il ne boit pas.

– Il ne tient pas l'alcool, et il ne veut pas qu'on

discute. Je ne peux même pas prononcer le nom de Ski.

– Jack est jaloux. Tu ne peux pas lui en vouloir.

– Mais moi j'aime bien discuter. Avec toi, je peux. » Elle avait les bras croisés, la tête penchée, et elle me regardait comme ça, en haussant un sourcil.

J'ai entendu Dill crier : « Bonne nuit », en sortant de la salle de bains.

« Bonne nuit, ai-je répondu.

– Dis à Nicki que la salle de bains est libre.

– Elle essaie de réveiller Jack pour lui dire bonsoir. »

Et Nicki souriait.

« C'est ça que je fais ? a-t-elle dit doucement.

– J'ai juste dit ça pour qu'elle ne pense pas... » Je n'aurais pas su comment finir la phrase.

J'ai entendu la porte de la chambre claquer.

« Pour qu'elle ne pense pas quoi ? a dit Nicki.

– Ce que vous, les filles, vous pensez », ai-je marmonné.

Nous étions à quelques millimètres l'un de l'autre.

« Tu vois, je ne suis pas *les filles*, a dit Nicki.

– Je sais. » Je me disais qu'à travers ma chemise, elle devait voir mon cœur battre.

Je me suis détourné pour prendre un verre d'eau dont je n'avais pas envie, rien que pour faire quelque chose de mes mains plutôt que de les mettre sur elle.

« C'est drôle, parce que j'ai toujours pensé que tu ne m'aimais pas, a-t-elle dit.

– Je t'aime beaucoup. » C'est tout juste si je m'entendais moi-même.

« Maintenant, je le sais. »

J'ai cru qu'elle prononçait mon nom, mais je n'en étais pas sûr. J'ai continué à faire couler de l'eau.

Puis elle a touché mon épaule.

« Erick ?

– Quoi ? »

Je me suis retourné. J'ai senti ses bras sur mes épaules et j'ai capitulé. Je me sentais mal. Je sentais la douceur humide de sa bouche et la chaleur de mon sang qui affluait.

« Bonsoir ! C'est moi ! » J'ai entendu la voix de Papa dans l'entrée. « Où êtes-vous tout le monde ? »

Je me suis détaché d'elle.

« Dans la cuisine, Papa ! »

Nous nous sommes retournés, et Papa était là, le *Sunday Times* sous le bras.

« Bonjour, comment va Pete ? a dit Nicki.

– Pete est en pleine forme ! a dit Papa. Comment était le concert ? »

Je n'ai même pas cherché à réveiller Jack. De toute façon, c'était la dernière personne que j'avais envie de voir.

Nicki a dit bonne nuit et a disparu dans la chambre.

Il était plus d'une heure du matin. Papa d'habitude se couchait vers onze heures.

Je lui ai dit que je filais dans le salon avec Jack, je croyais qu'il n'avait qu'une hâte, aller dans son bureau se mettre au lit.

Mais Papa a pris un verre, a sorti des glaçons et il s'est versé du whisky.

« Je vais boire un verre, Erick. Viens dans le bureau avec moi. »

Je n'ai pas aimé le ton de sa voix, et il y avait dans ses épaules une raideur bien pire que pour les Laïus 1, 2 ou 3. Quelque chose me disait que j'avais été un crétin de croire que Papa allait me laisser m'en tirer comme ça, avec le mensonge sur les filles et l'endroit où elles devaient dormir ce week-end. Pas Papa. Simplement il n'allait pas m'engueuler devant les autres. Papa pouvait toujours attendre son heure.

Je l'ai regardé se passer la main sur son crâne

presque chauve tandis que je le suivais dans le bureau. Je suis resté debout pendant qu'il posait son verre et disait: «Ferme la porte.»

Je l'ai fermée, et nous nous sommes assis. Lui dans le gros fauteuil en cuir, et moi en face, sur le canapé.

J'ai pensé: nous y voilà.

Je pouvais sentir encore où ses lèvres avaient touché les miennes, et sentir son parfum. On pouvait encore entendre le son étouffé de MTV, qui dégoulinait là-bas dans le salon.

J'ai abandonné le tapis persan pour regarder les photographies encadrées de Pete et moi, prises le jour où Pete avait été reçu à ses examens. (J'avais mon premier costume, j'étais debout sur la pointe des pieds pour faire des cornes à Pete avec deux doigts.) Finalement, j'ai jeté un œil à la tête de Papa, je ne l'avais jamais vu aussi sinistre et figé.

J'ai commencé à marmonner des excuses pour le mensonge. Il m'est venu à l'idée que tout ce que je dirais serait désintégré dans la seconde.

«Laisse-moi parler», a dit Papa.

J'ai baissé le nez sur mes tennis, et j'ai attendu.

«Pete ne va pas bien, a dit Papa. Pete est très malade.»

J'ai ressenti cette espèce de soulagement imbécile, comme quand j'étais petit et que Pete passait un sale quart d'heure pour une bêtise dans laquelle je n'avais rien à voir. Puis les mots « très malade » ont fait leur chemin.

« Malade comment ?

– Erick, tout ce que nous disons doit rester entre nous. Que ce soit bien compris.

– D'accord.

– Tu ne dois pas en parler à Jack, ou à Dill, ou à l'autre. Tu ne dois en discuter avec personne ! Est-ce clair ?

– Oui, mais qu'est-ce qu'il a ? »

Il a mis beaucoup de temps à le dire. « Le sida... je pense que tu sais ce que cela signifie ? »

J'avais entendu des dizaines de blagues sur le sida. Je me rappelais qu'ils nous en avaient dit deux mots en classe. C'était surtout des homosexuels hommes qui l'attrapaient. Des drogués, aussi.

« Mais comment Pete a pu attraper ça ? » ai-je dit. Je me souvenais d'une histoire d'hémophiles et de transfusions sanguines. Je me rappelais que Pete donnait toujours son sang pendant les campagnes de la Croix-Rouge. Mais comment est-ce qu'on pouvait attraper ça en *donnant* son sang ?

Papa buvait une gorgée de whisky, reposait son verre, croisait et décroisait les jambes.

«Erick, a dit Papa, maintenant nous devons penser à Pete.

– C'est bien à lui que je pense!»

Papa a levé la main pour me faire taire.

«Il faut seulement penser à lui. Nous n'allons pas le juger. Nous allons le soutenir.

– OK, ai-je dit avec impatience. OK.» Mais j'avais attrapé au vol le mot «juger».

Alors j'ai attendu que Papa continue.

«Apparemment, a commencé Papa, ta mère est la seule personne de la famille qui connaisse vraiment Pete.»

Chapitre 9

«J'imagine que j'ai fichu en l'air ton week-end», a dit Pete en me laissant entrer, le lendemain matin.

«C'était parti pour, de toute façon», ai-je dit.

A midi je devais retrouver Jack, Dill et Nicki au zoo de Central Park. Ensuite nous devions aller à pied au Metropolitan par la Cinquième Avenue. Dill avait entendu dire qu'il y avait dans le musée un bassin avec des fontaines, où nous pourrions déjeuner… Ce matin-là, je n'avais pas même rencontré le regard de Nicki.

J'avais dit que Pete avait de nouveau attrapé le virus qu'il avait eu en France l'été précédent, que j'allais lui porter le *Sunday Times* et passer un moment avec lui.

«Tu ne veux pas un peu de café?» a demandé Pete. Il est allé dans la cuisine pour nous en préparer. «Comment était le concert de Springsteen?»

J'ai laissé le *Sunday Times* dans l'entrée. J'ai décrit la foule à Madison Square Garden, les interventions de Springsteen entre les chansons, et comment il avait fait son dernier rappel avec le *Rockin' All Over the World* de John Fogerty... J'ai dit à Pete de remercier la personne de son Groupe de discussion des écrivains garantis qui nous avait procuré les billets.

Pete me tournait le dos. Il a pris du lait dans le réfrigérateur, du sucre dans le buffet. «C'est le Groupe de discussion des écrivains GAYS, a dit Pete. Hier soir, Papa m'a dit: *De quoi discutez-vous ?* J'ai dit: *Nous discutons des livres gays.* Papa a dit: *Un livre gay c'est un livre qui dort avec d'autres livres du même sexe ?*»

Pete a ri, alors j'ai ri moi aussi.

Il avait encore maigri depuis la dernière fois. Il portait un pantalon de velours couleur rouille, une chemise blanche, des vieux Nikes, pas de chaussettes.

«Papa ne supporte pas le mot *gay*, a dit Pete. Quand il l'entend, c'est comme s'il recevait une merde de pigeon sur le crâne.»

Nous avions le sourire aux lèvres en emportant les tasses de café dans le salon. Pete avait mis le Phil Woods Quartet. Il adorait le jazz, Charlie Parker, Gerry Mulligan. Tout ce que je savais sur le jazz, je le tenais de Pete.

Il a croisé les jambes, il a levé les yeux vers moi avec un hochement de tête, a dit: «Bon, Ricky, c'est un peu une variante de la blague sur le type gay qui essaie de convaincre sa mère qu'il est complètement drogué. Tu la connais sûrement.

– Celle-là ou une autre», ai-je dit. Les blagues que j'avais entendues ne parlaient jamais de *gays*. Il s'agissait toujours de *pédales,* de *tapettes,* pire.

«Comment Papa le prend-il? m'a demandé Pete. Je ne saurais pas vraiment dire.

– Il est inquiet pour ta santé. Moi aussi.

– Je ne parlais pas de ma santé.

– Je crois que ça lui fait de la peine.

– Parce que j'ai dit à Maman que j'étais pédé et pas à lui, c'est ça?

– Oui.

– Et toi, mon vieux? J'avais bien l'intention de te le dire.

– Quand je serais grand, ou quoi?

– Je comprends que tu ne sois pas content, Ricky. J'attendais le bon moment.

– Tu te comportes comme si tu avais un crime à avouer. Je ne suis pas Papa. J'ai dit à Papa cette nuit: c'est une autre manière d'être, c'est tout. Ce n'est pas un crime. Il n'y a pas de quoi avoir honte.»

Pete s'est levé pour aller retourner la cassette. «De toute façon je pensais que tu t'en doutais.

– Comment j'aurais pu m'en douter? ai-je dit. On s'en doute avec quelqu'un comme Charlie Gilhooley, mais toi?»

Pete est revenu s'asseoir. «Je ne ramenais jamais de femmes à la maison. Je ne parlais jamais de femmes. J'ai vingt-sept ans.

– Tu parlais de sorties en boîtes, de nuits entières à danser.

– Oui, sans doute... Je ne disais pas que c'étaient des boîtes homos.

– Mais Belle Michelle?

– C'était il y a dix ou onze ans, a dit Pete. Michelle a toujours su. Elle, je n'ai jamais essayé de lui raconter des histoires. Je ne voulais pas qu'elle croie que si on ne sortait pas ensemble, c'était à cause d'elle.

– On a toujours cru que c'était ton grand amour. Papa pensait qu'elle t'avait jeté, et que tu ne t'en étais jamais remis.

– Michelle et moi nous étions des amis, à une époque où tous les deux nous avions besoin d'amis. Elle était dans sa petite voiture, et moi j'étais dans mon placard.» Pete a souri. «Michelle disait que tant que je serais dans mon placard, elle comprendrait très bien que moi aussi je gare ma voiture dans un parking pour handicapés.

– Alors tu l'as dit quand, à Maman ?

– Juste avant de partir pour l'Europe, l'année dernière.

– Papa avait l'air de dire qu'elle l'a toujours su.

– Peut-être le savait-elle, profondément – je ne sais pas… Trouver le courage de le dire à Maman est la chose la plus difficile que j'aie jamais eu à faire, a dit Pete. Combien de fois as-tu entendu Maman dire que nous étions la famille idéale ? Elle n'a jamais trompé Papa et il ne l'a jamais trompée, jamais une dispute qui dure plus de vingt-quatre heures… et pendant que chez tous leurs amis les enfants, c'était l'enfer, nous, on était les bons petits garçons. On ne se droguait pas, on ne buvait pas, on ne trichait pas en classe, on n'envoyait jamais la voiture de la famille contre un arbre.

– Tu as failli, ai-je dit.

– J'ai eu quelques contraventions pour excès de vitesse.

– Mais je vois ce que tu veux dire. Maman a toujours pensé qu'on était les Walton, ou les Lawrence, dans le feuilleton *La famille*.

– Mon Dieu, les Lawrence ! (Pete a fait la grimace.) J'avais oublié à quel point elle adorait les

Lawrence : Buddy, Willy, Kate, Jim et le reste, heureux malgré tout dans la grande maison bleue, tous les problèmes, de l'adultère à l'avortement, emballés en soixante minutes pile, pubs comprises.

– Elle continue à regarder les rediffusions, ai-je dit. Et dire que j'ai toujours cru que c'était moi qui allais ternir le blason familial. »

Pete a rigolé. « Et pas ton grand frère, hein ?

– Je n'ai pas voulu dire que tu étais en train de ternir le blason familial, Pete.

– Je sais, a dit Pete, mais je ne suis pas exactement en train de le redorer… Alors je me disais : pourquoi faudrait-il que Papa et Maman soient au courant ? Je me suis arrangé pour devenir adulte sans soulever ce couvercle-là. Pourquoi entamer tout le processus culpabilité/reproche ? Je n'ai jamais été fou non plus de la confession publique. J'ai toujours détesté les gens qui vont à la télé raconter qu'ils sont alcooliques, ou anorexiques, ou compagnons de Jésus, ou je ne sais pas quoi ! »

J'ai dit : « Quand je regardais des homosexuels à la télé, je me demandais pourquoi ils s'affichaient. Papa disait que c'étaient des exhibitionnistes.

– Moi aussi je pensais ça, a dit Pete. Je regardais toujours ces trucs en priant pour qu'ils aient l'air aussi normal que possible. Je détestais voir des Charlie Gilhooley sortir du placard.

– Pauvre Charlie qui vient de se faire tabasser au bar du Royaume, ai-je dit.

– Ça me désole, mais je ne suis pas surpris, a dit Pete. Je restais aussi loin que possible de Charlie Gilhooley. Quelquefois, quand j'étais gosse, j'avais envie de lui taper dessus. Je me disais : je serai peut-être pédé, mais je ne suis pas une folle !

– Ça c'est sûr, ai-je dit.

– Alors quoi ? a dit Pete. Est-ce que j'ai une partie gratuite parce que je n'ai pas l'air d'une folle ?... Avant, je croyais.

– Qu'est-ce qui t'a fait changer d'avis ? Qu'est-ce qui t'a fait le dire à Maman ?»

Pete a voulu boire trop vite, et du café a coulé sur la table. «C'est Jim Stanley», a-t-il dit.

Il a amorcé un mouvement pour se lever et aller chercher de quoi essuyer le café.

«J'y vais», ai-je dit.

Je suis allé chercher une éponge dans la cuisine. J'essayais de me rappeler Jim Stanley. Je ne l'avais rencontré qu'une fois. Il écrivait des histoires de science-fiction et des scénarios sous le nom de J.J. Stanley, et se surnommait lui-même «Estouest» parce qu'il faisait l'aller et retour entre New York et Beverly Hills. C'est avec lui que Pete était allé en Europe.

A leur retour, on avait tous dîné ensemble, dans un restaurant de Soho, à New York. Pete et Jim venaient de prendre un verre chez Stan et Tina qui avaient un loft dans le coin. Jim avait l'âge de Pete, il était grand, blond tirant sur le roux. Je me rappelais qu'il avait beaucoup parlé du Rachter, ce programme d'ordinateur pour écrire des romans. Il travaillait sur une idée de série TV où le Rachter était un personnage dans un bureau, qui racontait des histoires sur les employés... Je ne pouvais rien me rappeler d'autre à son sujet.

Tandis que j'essuyais le café, Pete a dit: «Jim, c'est un gay politique. Et moi qui détestais les gays militants! Pour moi, c'était une bande de tantes qui s'apitoyaient sur eux-mêmes, qui critiquaient tout sous prétexte qu'ils étaient homosexuels. Je disais à Jim: ce que je fais au lit, c'est privé. Jim disait: d'accord, mais tout le reste? Mentir à tout le monde, faire croire qu'on est hétéro, ne jamais tenir la famille ou les amis au courant de ce qui se passe dans sa vie?... Il m'a convaincu que la seule façon de dépasser cette espèce de haine de soi, c'était d'arrêter de se cacher. Il disait que les gens qui m'aiment ne m'aimeraient pas moins si je me montrais au grand jour ; et que je m'aimerais moi-même beaucoup plus. Alors j'ai commencé par Maman. Tu étais le deuxième sur ma liste. »

J'ai envoyé l'éponge dans l'évier, j'ai raté mon coup, je l'ai laissée par terre dans la cuisine. «Qu'est-ce qu'elle a dit, Maman, quand tu lui as raconté ?

– Elle a dit qu'elle n'était pas surprise. Elle a dit qu'elle était heureuse que je le lui aie dit. Et elle a dit qu'elle avait toujours été désolée que je sois si seul.

– C'est ce que j'ai toujours pensé que tu étais, moi aussi, ai-je dit. Un solitaire. »

Je me suis rassis.

«C'est ce que j'étais. Un solitaire occupé.

– C'est-à-dire ?

– Sociable, mais sans m'attacher vraiment, a dit Pete. Trop occupé... C'est pour ça que je n'ai jamais fini *Les Skids* – ni mon agrégation.

– Oh, ça...» ai-je dit d'un ton un peu condescendant, comme si Papa était dans la pièce avec nous.

«Papa avait raison, a dit Pete. J'aurais dû aller à Columbia, ou à l'université de New York. J'aurais dû aussi travailler à mon livre, a dit Pete. Mais quand j'ai atterri ici en sortant de Princeton, je n'en revenais pas. C'était encore les années soixante-dix. Il n'y aura plus jamais une époque comme celle-là. C'était comme mourir et se retrouver au paradis. Je ne m'étais pas démasqué, à Princeton, évidemment. Quand j'ai vu ici tous les bars et les boîtes de pédés, j'ai juste voulu danser et boire et draguer.»

Je n'arrivais pas à imaginer Pete en train de danser avec un autre type. J'ai dit : «Quand j'aurai fini le lycée, si jamais je vais à l'université, j'aurai probablement envie, moi aussi, de danser, de boire et de draguer.»

Pete a secoué la tête. «Non. Tout ça tu le fais déjà. Moi, mon adolescence était tenue en laisse… C'est tout juste si je pouvais emmener Tim Lathrop au bal du lycée, ou Marty à la boum de la paroisse. On était là à rôder comme des voleurs. Tim passait son temps à confesse, et Marty tâchait de trouver un psy qui le rendrait hétéro… C'est là que je suis devenu le premier spécialiste mondial de la littérature homosexuelle.» Pete s'est mis à rire. «Nom de Dieu ! je ne crois pas qu'il existe un livre qui traite de ça (de près ou de loin) que je n'aie pas lu. Je passais des heures dans la librairie à regarder le fichier à la lettre H !»

Je repensais à Tim Lathrop pendant que Pete me parlait. Tim avait été sauveteur sur la plage principale en même temps que Pete. C'était une espèce de gros blond qui venait beaucoup à la maison quand Pete était adolescent, une des stars du tennis au collège de la Sainte-Famille… Marty Olivetti était aujourd'hui encore un des amis les plus proches de Pete. Il était de Tulsa, dans l'Oklahoma. Des années auparavant, il venait de Princeton avec Pete pour le week-end, et ils passaient le plus clair de leur temps sur le bateau. Je me rappelais quand Papa l'avait vu la première fois; après, il imitait toujours son accent de l'Oklahoma, et blaguait : «Qu'est-ce que c'est que cet Italien qui dit *basse* pour *bosse* et *rase* pour *rose* ?»

Pete est allé se servir une autre tasse de café. Une minute après, il me bombardait avec l'éponge trempée que j'avais laissée par terre dans la cuisine, en me traitant de «*Cochon !*»*

Je la lui ai renvoyée, et pendant un moment nous avons fait semblant de boxer, comme autrefois.

Mais Pete avait l'air épuisé. Quand j'ai dit qu'il allait falloir que je m'en aille, il n'a pas protesté. Il a dit qu'il devrait probablement arrêter de boire du café – c'était tout juste bon à lui donner la colique.

Pete a dit qu'il avait besoin d'une sieste, aussi,

* En français dans le texte.

que Stan et Tina devaient venir plus tard, et que Jim rentrait en avion cette nuit de la côte. Il a dit qu'il essaierait d'amener Jim à dîner à Seaville un soir de la semaine suivante.

«Est-ce que Jim sait que tu as ça? lui ai-je demandé.

– Dis *le sida,* Ricky, a dit Pete. Maman et Papa disent *ça, ce pépin,* tout sauf *le sida...* Oui, Jim sait. On a été malades pendant tout le voyage en Europe. Je me disais que j'avais ce qu'il avait, une sorte de dysenterie. Mais j'avais les ganglions enflés et des petits points rouges sur les chevilles. Je trouvais toujours une bonne explication. Mais je n'arrivais pas à reprendre des forces, et il y avait de plus en plus de taches. J'ai commencé à paniquer vraiment quand je suis venu à Seaville la dernière fois. Maman voulait que j'aille voir le docteur Rapp. Là-dessus j'ai eu cette grosse bosse violette sous le bras. Quand j'ai vu ça, j'ai commencé à affronter le fait que je pouvais avoir le sida. Je me suis dit que le vieux Rapp le radiodiffuserait au Hadefield Club. Papa aimerait beaucoup!

– Arrête de t'en faire pour Papa! ai-je dit, comme Pete m'aidait à enfiler ma veste.

– C'est pour lui que je m'en fais le plus, a dit Pete. C'est pour lui que ça va être le plus dur. Les trois quarts du temps où il a été là hier soir, il était au téléphone avec Phil Kerin. Tu te rappelles le docteur Kerin ? Un des vieux copains de golf de Papa ?

– Papa m'a dit qu'il l'avait appelé.

– Il a dû dire *Ceci est confidentiel* une douzaine de fois dans la conversation… J'aurais pu aller chez Papa en sortant de l'hôpital, mais Papa avait peur de vous laisser ici. Il a dit que si cela se savait que j'ai le sida, et qu'il était au courant que vous, les gosses, vous habitiez là, il serait accusé de vous avoir fait courir des risques.

– Je ne comprends pas, ai-je dit. Papa m'a expliqué que ce n'est pas possible qu'on l'attrape comme ça.

– Ce qui l'inquiète, c'est que les gens ne le savent pas.

– Papa complique tout !

– Non, Ricky. C'est l'époque qui est compliquée. Pas Papa. »

Nous sommes restés face à face, en silence, pendant une minute.

J'ai dit : « Je veux seulement que tu ailles bien.

– Grâce à toi je me sens mieux, mon pote. Merci », a dit Pete. Il a mis son bras autour de mes épaules. « La dernière chose que Papa m'a dite hier soir, c'est : *Quel est l'individu qui a eu la brillante idée d'inventer le terme gay ?* (Pete imitait bien Papa dans ses pires jours.) *Ça ne me paraît pas une vie très gay !* »

Pete m'a raccompagné en bas. « Je lui ai dit que cela avait ses moments… Qui a dit que les moments sont tout ce que nous avons, d'ailleurs ? Thoreau ? Ou Oscar Wilde ? Tiens, à propos d'Oscar, Ricky, Papa m'a fait penser qu'il faut faire quelque chose pour Oscar. »

Nous sommes restés sur le pas de la porte à parler d'Oscar. Il allait falloir que je l'emmène chez le vétérinaire. Pete a dit qu'on devrait d'abord avoir l'avis du vétérinaire. S'il pensait que l'heure était venue, Pete viendrait tenir Oscar pendant la piqûre.

Pendant qu'on parlait, je me suis rappelé qu'en cours d'anglais, en troisième, on avait lu *La ballade de la geôle de Reading,* d'Oscar Wilde. Après, pendant la discussion, Roman Knight avait fait rire tout le dernier rang, et Miss Raid avait dit : « Si tu as quoi que ce soit à ajouter, Roman, lève-toi et fais-en profiter toute la classe. »

Roman s'est levé, a fait une révérence, et a dit d'une voix de fausset : « Savez-vous pourquoi Oscar Wilde est allé en prison ? »

Juste avant d'ouvrir la porte de chez Pete, j'ai

dit : «Oscar, ça ne serait pas à cause d'Oscar Wilde ?

– C'est à cause de lui, a dit Pete.

– Tu lui as donné ce nom-là quand tu avais treize ans ?

– Oui, et toi, tu avais, quoi, trois, quatre ans ?» Pete s'est appuyé contre le mur. «J'ai toujours été précoce, Ricky.

– Tu étais aussi probablement le seul à la maison à savoir le nom de famille d'Oscar, ai-je dit.

– Ou même qu'il en avait un», a dit Pete.

Chapitre 10

Le samedi suivant, juste après le match Seaville-Greenport, Dill devait aller avec sa famille dans le Massachusetts pour voir le campus de Wheaton.

« Ça c'est bien Dill, d'attendre la fin du match, a dit Jack. Les pom-pom girls, elle adore ça. Elle est facile à vivre – pas comme Nicki. Nicki, si ça se trouve, elle ne va même pas venir me voir jouer. »

Nous nous dirigions vers le lycée, nous étions partis tôt pour que Jack ait le temps de se changer. Je prenais toujours le volant de la Mustang pour accompagner Jack à ses matchs. Il prétendait qu'il était trop nerveux pour conduire.

« Nicki a changé depuis qu'on est allés à New York », a dit Jack.

Je l'ai laissé parler. Toute la semaine j'avais évité Nicki.

« Il y a un truc qui la tracasse, a dit Jack.

– Elle est peut-être ennuyée pour tout le bordel à cause de Toledo », ai-je dit. Charlie Gilhooley avait refusé de porter plainte, mais une organisation homosexuelle s'était emparée de son cas, et le journal local s'y était mis, disant que le Royaume-près-de-la-mer devait acheter une conduite : ce n'était pas seulement son attitude envers les clients qu'il refusait de servir, c'était l'ambiance, l'allure, le côté misérable et louche.

« Ce n'est pas ça, a dit Jack. Avec moi, ça va moins bien. »

J'avais vu Charlie Gilhooley se promener avec les deux bras en écharpe. Il pouvait se passer des mois sans que je remarque son existence, mais cette semaine-là, on aurait dit que je le voyais minauder à chaque coin de rue... Cette semaine-là, aussi, j'entendais différemment. Une fois, je traînais dans la cuisine, Madame Tomkins écoutait la radio en préparant le dîner. Je l'aurais juré, l'animateur disait que les homosexuels étaient à moitié prix.

« Qu'est-ce qui est à moitié prix ? Qu'est-ce qu'il vient de dire, ce type ? »

Madame Tompkins a dit : « Diamond solde ses lots de vaisselle. Tout est à moitié prix. »

Jack mâchonnait un Milky Way. « Quelquefois j'ai l'impression que Dill donne des complexes à Nicki. Dill, Jeannie Gaelen – ces filles-là lui tapent sur le système. Elle prétend qu'elle n'en a rien à faire, mais elle ne parle que d'elles. Elle sait que Dill la déteste.

– Dill ne la déteste pas. Elle ne sait pas comment lui parler.

– On n'aurait pas dû faire ce week-end. Ça vient de là.

– Ça ne vient pas de toi ? Ça vient du week-end ?

– Je n'aurais pas dû m'écrouler sur le tapis. J'ai ronflé ?

– Tu as ronflé. Ta braguette était ouverte.

– Naturellement. Et je suppose que j'ai pété, aussi.

– Qu'est-ce que tu veux que je te dise ? Que tu étais magnifique ? Pourquoi est-ce que tu bois quand tu es avec elle ?

– Pourquoi est-ce que tu as des boutons sur le menton ?… Tu n'écoutes même plus ce que je te dis. Je suis en train de changer. Je veux être quelqu'un, maintenant.

– Peut-être tu pourrais être un personnage dans un parc Walt Disney.

– C'est bien ce que je dis. Tu as un million de conneries à disposition, mais pas un seul conseil.

– Jack, mais enfin qu'est-ce que tu attends de moi ?

– Aide-moi à comprendre cette fille ! Tu es sorti plus que moi. Tu ne fais que me répéter de ne pas me jeter sur elle. Je sais quand même bien qu'elle était au pieu avec Ski au premier rendez-vous !

– Laisse tomber, pour Ski. N'essaie pas de lui faire concurrence. Mais laisse-la parler de lui si elle en a envie… Parle avec elle, Jack.

– Mais de quoi ?

– De ce dont elle a envie.

– Ouais. Je ne suis pas bavard, mais elle oui.

– Tu ne fais pas le poids, par rapport à Ski, alors essaie autre chose. Fais semblant d'être fasciné par son intelligence.

– C'est un peu le cas.

– Bien. Comme ça tu n'as pas à faire semblant.

– Mais je suis plus fasciné par son corps. Elle me met dans un tel état, c'est gênant.

– Ce soir, essaie d'oublier son corps.

– Et comment je fais ?»

Bonne question. «Oublie, c'est tout, ai-je dit. Tu n'as qu'à te dire que tu ne vas pas la traiter comme une moins que rien. Elle dit partout que tu es le premier à ne pas l'avoir traitée comme une moins que rien. Sois attentionné. Avec des mots, pas avec tes mains.

– Je lui ai dit que je l'aimais.

– Tu lui as dit : je t'aime ?

– Oui.

– *Je t'aime ? Je, t* apostrophe, *aime ?*

– *Je, t* apostrophe, *aime.* Oui.

– Ben, c'est bien. C'est bien.

– Qu'est-ce qu'on fait après le cinéma ?

– Emmène-la à Sweet Mouth.

– Pas à Montauk Point ?

– Pas ce soir.

– Peut-être j'ai une trouille d'enfer de coucher avec elle ! Peut-être je devrais avoir un peu d'expérience d'abord.

– Et où tu vas la trouver ton expérience ? Qu'est-ce qu'elle est censée faire pendant que tu feras une expérience ?

– Je vais juste l'emmener à Montauk Point après le cinéma, a dit Jack. Je vais lui parler.

– Tu vas la sauter, c'est ça que tu vas faire.

– Je ne vais pas t'écouter, a dit Jack. Nous deux, c'est l'aveugle et le paralytique !

– Fais ce que tu veux ! lui ai-je dit d'un ton sec. Après tout, j'ai mes propres problèmes !

– Je sais que tu en as, a dit Jack.

– Comment ça, tu sais que j'en ai ?

– Je sais ce qui t'emmerde, mon vieux. Tu ne crois pas que je commence à te connaître ?»

J'ai attendu.

«Dill va aller à la fac à Wheaton, a dit Jack, et tu l'as où je pense. Vrai ou faux?»

Il est descendu près du gymnase. Je suis allé garer la Mustang au parking, derrière le lycée.

J'ai arrêté le moteur, j'ai remis le contact, et je suis resté là à écouter la radio pendant un moment. J'ai entendu des chansons de Glenn Frey, Wham! De Barge et Survivor. Elles parlaient toutes d'amour: le perdre, le rencontrer, le vouloir, le quitter.

J'ai fini par sortir de la voiture. J'ai marché en direction du stade.

C'était un vrai temps de foot, soleil et ciel bleu, mais froid.

Les gens commençaient à s'attrouper, en manteaux et écharpes, et le vent emportait ce qui restait de feuilles d'automne dans les arbres.

Je l'ai vue tout de suite.

Je crois qu'elle m'a vu la voir. Elle était avec le Capitaine. Il avait des lunettes de soleil, et ce chapeau qu'il portait toujours rabattu sur les yeux, un bras passé autour d'une fille quelconque qui n'avait pas l'air beaucoup plus vieille que Nicki.

J'ai fait demi-tour.

Je suis descendu sur le terrain en passant par les

131

gradins. Les pom-pom girls s'échauffaient dans leurs jupes marron et leurs sweaters blancs.

Dill a couru vers moi, les bras serrés contre elle pour se protéger du froid. Elle voulait savoir ce que disait le docteur pour Oscar. Elle savait que le matin, je l'avais emmené chez le vétérinaire.

«Cette fois il est temps», ai-je dit à Dill. J'avais dit la même chose à Pete au téléphone. Pete avait dit qu'il essaierait de venir la semaine suivante. Il disait qu'il était retenu à New York, et que Jim avait tous les jours des rendez-vous à la télévision pour sa nouvelle série.

Dill a dit ce qu'on dit en pareil cas : Oscar était vieux et il a été heureux, et nous avons de la chance de pouvoir abréger les souffrances des animaux, et c'est trop bête que les humains ne puissent pas en faire autant pour les gens qu'ils aiment. J'ai dit : oui, c'est vrai, je sais, et Dill m'a demandé si j'étais OK.

– Super.

– Il faut que j'y retourne, a dit Dill. On travaille sur notre nouveau hourra sauté-tourné... Qu'est-ce que tu vas faire ce soir ?

– Penser à toi (dit automatiquement).

– Et à part ça ?

– Pas de projets.» Papa et Maman rentraient

tous deux de New York dans la nuit. Maman dans sa voiture, Papa dans la sienne. Maman était partie le jeudi soir pour dîner avec Pete et Jim Stanley. De toute la semaine, on n'avait parlé de rien. Si je ne travaillais pas, Maman était aux répétitions. Le soir à table, Madame Tomkins était juste à côté dans la cuisine.

Dill a dit :

« On part tout de suite après le match, alors je veux un baiser maintenant. Tu connais Papa. Il aurait horreur de ça, attendre que j'essaie de te trouver après la partie. »

Tandis que je l'embrassais, l'orchestre du lycée de Greenport s'est avancé sur le terrain en jouant *Alouette*.

Je me revoyais quand j'étais petit, me caressant la tête quand Pete chantait : « *Je te plumerai la tête. Et la tête, et la tête* »*; puis on reprenait en chœur : « *Alouette ! Alouette !* »

« Ce soir je serai dans un motel pourri de la Nouvelle-Angleterre en train de regarder *Saturday Night Live,* et je penserai à toi, a dit Dill. Tu vas le regarder, non ? »

J'ai fait une imitation de Martin Short dans le rôle d'Ed Grimley, avec ses cheveux gominés qui

* En français dans le texte.

se terminaient en virgule au sommet de son crâne. J'ai imité son petit entrechat farfelu et j'ai dit ce qu'il aurait dit : «C'est un show affreusement décent, il faut bien le dire.»

L'équipe est entrée en courant sur le terrain. Les filles ont commencé à crier : «Cognez-les dans les tibias! Cognez-les dans les genoux! On est les meilleurs!»

Je suis monté dans les gradins et j'ai parlé un moment avec les parents de Dill. Le père de Dill m'a demandé comment se présentaient mes projets d'université. On ne parlait jamais, sauf quand il me demandait ça. J'ai dit : «Ça suit son cours», et il a eu le même sourire oblique que Dill : «Tu dis toujours ça, qu'est-ce qui suit son cours?»

«Ne lui fais pas subir un interrogatoire, Bertie!» a dit la mère de Dill. Je pensais à la broderie que sa sœur avait sur son mur, avec les mots : «Combats le destin.»

«Ce n'est pas un interrogatoire, a dit M. Dilberto. Je lui demande ce qui suit son cours.

– Je suis en train de d'hésiter entre Harvard et Yale», ai-je dit.

M. Dilberto a dit : «Toi, tu es un petit malin, hein?»

Je suis allé m'asseoir plus loin. Je m'asseyais, je

me levais, et à la mi-temps, elle est descendue à l'endroit où j'étais.

Elle était indiscutablement en pantalon. Je crois que je ne l'avais jamais vue en pantalon. Il était bleu avec plein de poches, elle le portait avec une veste d'homme trois fois trop grande pour elle, un pull blanc en dessous, un foulard de soie autour du cou, et le chapeau noir incliné sur ses yeux verts. Elle avait des hauts talons. Elle avait les cheveux sur les épaules. Elle les rejetait sans arrêt en arrière, de ses longs doigts fins, pendant qu'elle me parlait.

«Comment ça va, toi? a-t-elle dit.

– Comment ça va, toi?

– J'ai demandé la première. J'ai comme l'impression que tu m'évites.

– Jack ne joue pas très bien, aujourd'hui.

– Je ne parle pas de Jack.

– Tu parles de quoi?» Je me trouvais cruel. Je savais bien de quoi elle voulait parler.

«Tu es fâché contre moi, Erick?

– Mmm.

– Tu te comportes comme si tu l'étais.

– Je ne le suis pas.

– Je ne viens jamais à ces trucs-là.

– C'est parce que tu voulais voir Jack.

135

– Je ne suis pas venue à cause de Jack… Tu te comportes comme si tu étais fâché.

– Je suis le meilleur ami de Jack, ai-je dit. C'est comme ça que j'essaie de me comporter.

– Mais qu'est-ce que tu ressens, toi?

– Tu es la copine de Jack.

– Parce qu'il le dit?

– Ça me suffit», ai-je dit.

On restait là, debout. Je pensais qu'un jour ou l'autre je finirais bien par trouver le nom de ce parfum.

Derrière nous, Roman Knight a entonné son interprétation personnelle de *Eye on You*, de Billy Squier.

Il chantait ça pour Nicki: «Tu m'attires», en mettant son nom à elle dans les paroles.

«Qu'est-ce qu'il te veut? ai-je demandé.

– Demande-lui.

– Il démarre toujours quand tu arrives.

– Il doit en avoir ras le bol de sa gourde de Jeannie Gaelen… Je ne suis pas en train de parler de Roman Knight.

– C'est quoi ton parfum?

– Ça s'appelle Premier.

– Premier quoi?

– Premier tout court. Premier dans son cœur.

Premier de cordée. Premier de la liste. Je ne sais pas pourquoi ça s'appelle Premier. Ce n'est pas moi qui ai trouvé le nom, tu vois... Premier amour?

– Nicki, il faut que j'y aille.

– C'est seulement la mi-temps.

– J'ai un rendez-vous. Je suis déjà en retard.

– J'ai quelque chose pour toi», a-t-elle dit. Elle a plongé la main dans la poche de sa veste et en a ramené un morceau de papier plié en quatre qu'elle m'a tendu.

«Qu'est-ce que c'est?

– Tu ne le sauras pas avant d'avoir regardé, a-t-elle dit, mais ne le regarde pas maintenant.»

Je lui ai dit à bientôt, je lui ai fait un petit salut avec deux doigts, et je suis parti. Je me suis éloigné. J'ai compris que j'allais chez moi. Je savais que quand j'arriverais, la maison serait vide. Je me remettrais à penser à Pete.

Mais je suis parti quand même.

J'ai attendu d'avoir traversé tout le parking pour déplier le morceau de papier que Nicki m'avait donné.

Il disait: *Ne dis pas que tu n'éprouves pas ça, toi aussi, car je ne te croirais pas.*

Chapitre 11

Le samedi soir, j'ai commencé par repeindre les chaises de la cuisine, ce pour quoi Maman me tannait depuis si longtemps.

Puis j'ai fait du feu, j'ai allumé la télé, et j'ai emporté dans le salon, avec une boîte de Dr Pepper, la tourte à la viande que Madame Tomkins avait préparée pour moi.

J'ai regardé Richard Gere faire l'amour avec Debra Winger dans *Officier et Gentleman,* en me disant que Dill ressemblerait un peu à Debra Winger si elle se laissait pousser les cheveux. Encore un film qu'il valait mieux ne pas voir avec elle. Elle l'aurait beaucoup aimé, mais moi, je me serais retrouvé comme d'habitude. Avec la sensation de ressembler à un môme, mal dans sa peau et boutonneux, qui en est encore à comploter avec d'autres morveux sur le thème comment s'y prendre avec une fille.

Dill et moi nous nous connaissons peut-être

trop bien, pensais-je, et pendant tout le film, j'ai aussi pensé à Nicki. J'avais mis son petit mot sous clé dans le tiroir secret de mon bureau. Il y avait déjà une lettre de Pete, qu'il m'avait écrite pour mes treize ans, sur du papier de Princeton. La lettre commençait par : *Bienvenue dans l'adolescence, mon pote. Prendre la lune avec les dents* !*

Je me rappelle que quand j'ai traduit ça, je n'ai pas compris ce que Pete voulait dire. Prendre la lune avec les dents ? Pete a dû m'expliquer, plus tard, que cela signifiait tendre vers l'impossible.

Tout en regardant *Saturday Night Live*, j'ai entrepris de réviser la règle de trois pour l'examen qui aurait lieu dans un mois. Je calculais combien de minutes un train roulant à 45 kilomètres à l'heure mettrait pour parcourir quatre cinquièmes de kilomètre, quand j'ai entendu Maman entrer par la porte de derrière.

J'ai crié : «Ne t'assois pas sur les chaises de la cuisine !»

«Oh, tu les as faites ? Ça, c'est une bonne surprise !» Elle est entrée dans le salon, avec son manteau en poil de chameau, en pestant après un accident sur l'autoroute de Montauk qui avait bloqué la circulation. «Ton père devait partir à peu

* En français dans le texte.

139

près une heure après moi. Il dînait près de l'hôpital de Sloan-Kettering avec Phil Kerin, je ne sais pas quand il sera là.»

Les Kinks passaient à *Saturday Night Live,* et j'ai remarqué que le son la gênait. J'ai baissé la télé et je l'ai aidée à enlever son manteau.

«Erick, ton père tient beaucoup à ce que nous allions tous ensemble à l'église demain, alors ne le contrarie pas, mon chéri. D'accord?

– D'accord, ai-je dit. Comment va Pete?

– Pas fort. Ton père veut qu'on attende demain pour en parler tous les trois.

– Et Jim?

– Jim?

– Qu'est-ce que tu penses de lui?

– Il est très solidaire de Pete, et c'est ce dont Pete a besoin en ce moment.

– Tu l'aimes bien?

– Je l'aime bien.»

Maman avait l'air fatigué. Elle est venue près de moi, et tendrement, elle m'a passé la main dans les cheveux. «Est-ce que ça va, mon cœur?

– Pourquoi ça n'irait pas?

– Tu prends la situation mieux que Papa ou moi, je trouve. Je ne parle pas seulement de la maladie de Pete. Mais apprendre ça, et puis sans avoir le temps de te retourner, apprendre qu'il est malade. Tout te tombe dessus en même temps.»

C'était la première fois que nous pouvions en parler vraiment.

«Ça ne me pose pas de problème, que Pete soit homosexuel, ai-je dit. Toi oui?

— Bien sûr que cela me pose un problème!

— Pete a l'air de penser le contraire.

— De toute façon, que j'aie un problème ou non, là n'est pas la question.

— D'après Pete, tu lui as dit que tu n'étais pas surprise.

— Ce n'est pas *surprise*, que j'étais. Le ciel m'est tombé sur la tête.

— Mais quand tu as dit à Pete que tu étais heureuse qu'il ne soit pas seul?

— Pourquoi j'ai dit ça? Pete partait pour l'Europe quand il m'a tout raconté. Qu'est-ce que je pouvais dire? Je ne voulais pas qu'il parte avec le sentiment que le sol se dérobait sous mes pieds à cause de lui. Je ne voulais pas lui gâcher ses vacances en réagissant mal.

— Ça ne devrait pas nous poser de problème, qu'il soit homosexuel, Maman.

— Non? Je crois pourtant que c'en est un. Ne sois pas si sûr de n'avoir aucun problème avec ça.

Il y a un choc en retour. En tout cas, c'est ce qui a dû se passer pour moi, a dit Maman. Mais Pete est trop malade pour qu'on s'arrête à tout ça… Es-tu au courant que Jim veut emmener Pete sur la côte ouest?

– Mais ils vivent ensemble ou pas?

– J'allais justement te poser la question. Je ne sais pas. J'imagine que oui. Je crois que Jim est très épris de Pete. Quant aux sentiments de Pete, comment savoir? De toute évidence, je n'ai jamais su. »

Elle a pris quelque chose dans son sac et me l'a tendu. « Jim m'a donné ça. Il a dit que nous devions tous le lire attentivement. »

C'était une brochure intitulée *La question du sida*. Une publication de Gay Inquiry.

« Je la laisserai dans ta chambre, mon chéri, quand je l'aurai regardée. Je ne veux pas la laisser traîner à la portée de Madame Tompkins. D'accord?

– D'accord. (Je lui ai rendu la brochure.) Tu as l'air claquée, Maman, va te reposer.

– J'y vais, a-t-elle dit. Demain, après l'église, nous aurons une longue conversation, Papa, toi et moi. »

J'ai monté le son de la télé et j'ai essayé de me

concentrer sur un problème de motocycliste parcourant 0,8 kilomètre à la minute, quand j'ai entendu la voix de Jack.

« Eh, il est bien tôt, ai-je dit.

– Je suis dans un état, un vrai massacre !

– Qu'est-ce qui s'est passé ?

– Si je savais ! Je boirais bien un coup !

– Il y a de la bière dans le frigo. »

Jack s'est assis à côté de moi.

« Sweet Mouth a tout foutu par terre. L'emmener là, c'était l'erreur.

– Qu'est-ce qui est foutu par terre ?

– Tout ! Elle ne supporte pas la foule ! Je l'ai forcée à faire des trucs. Pas des trucs sexuels. Je ne parle pas de ça.

– Commence par le commencement.

– On est allés voir le film de Madonna. Elle a vraiment aimé. Mon erreur, ç'a été de l'emmener à Sweet Mouth après. Avant ça, l'erreur, ç'a été de la pousser à se présenter aux pom-pom girls.

– Arrête de parler de tes erreurs.

– Ton erreur. Sweet Mouth, c'était ton idée, a dit Jack.

– Me mets pas ça sur le dos. Qu'est-ce qui s'est passé ?

– Il y avait tout le monde, ce soir, à Sweet

Mouth. Roman Knight était assis juste derrière nous avec Jeannie Gaelen.

– Et il a commencé à dire des conneries.

– Comment tu le sais ?

– Il fait toujours ça.

– J'étais prêt à lui en coller une, mais Nicki a dit : *Laisse tomber*. Il était là : *Sa-luuut, Nicki !* C'est tout, mais ça lui tapait sur le système. Elle a commencé, comme quoi c'était mon groupe mais c'était pas son groupe. Elle disait qu'elle n'avait pas de groupe et qu'elle ne voulait pas en avoir.

– Et ?

– J'ai dit que ce n'était pas non plus mon groupe. J'ai dit que moi non plus, je n'en avais rien à faire d'eux, mais elle a dit que j'étais embarqué dans le même cirque : sortir à quatre, le football, la traîner chez moi pour rencontrer mes vieux. Elle a dit *traîner*, comme si je l'avais forcée à coups de pied ; alors je me suis énervé et j'ai dit qu'elle devrait être flattée que je l'aie invitée chez moi.

– Flattée ? Mon Dieu !

– C'est sorti comme ça, j'ai essayé de le retirer, mais elle a dit : *Oh, flattée, flattée, oh, je ne savais pas que c'était si flatteur*. Des trucs comme ça.

– Continue.

– Après, elle me regarde, juste elle me regarde, et elle dit : *Tout est fini*.

– Tout est fini ? ai-je dit, comme s'il y avait d'un côté «fini», et de l'autre «tout».

– Tout est fini, a dit Jack. Elle a dit qu'elle allait me le dire, de toute façon ; même avant qu'on entre, elle avait décidé de me dire qu'elle ne voulait plus sortir avec moi.»

Il a frappé du poing dans sa paume, et il s'est levé. «Je vais me boire cette bière.

– Je suis désolé, Jack.

– Tu es désolé ? Moi, je suis détruit ! Tu veux une bière ? Prends une bière.

– Je ne peux pas... Tu n'as qu'à me prendre un autre Dr Pepper.»

Je me suis levé pour aller éteindre la télé. La nuit serait longue. J'ai refermé un manuel de révision Barron et je l'ai mis sur la table basse. Puis je me suis assuré qu'Oscar allait bien, sur son lit, derrière le canapé.

Je me disais qu'il fallait que je parle à Jack. D'abord, l'écouter. Ensuite, lui dire que quelque chose avait démarré entre Nicki et moi – par accident. Lui dire que ce n'était pas important, juste un petit truc embêtant. Un accident, quoi.

Il exploserait. Il me dirait d'aller me faire voir,

et pire. Mais on s'en sortirait. On en resterait là.

Comme Jack ne revenait pas, je suis allé voir dans la cuisine. Il était assis sur une chaise que je venais de repeindre, et il se tenait la tête à deux mains.

«Je suis complètement détruit! disait-il.

– Tu es aussi assis sur la peinture fraîche.» J'ai renversé les chaises, en espérant que personne d'autre n'irait s'asseoir dessus.

«Putain, j'ai payé le jean soixante dollars et cent soixante la veste, ils sont tout neufs!

– Alors enlève-les, et vite. Laisse-les sécher. On ne peut rien faire avant que ça soit sec.

– Erick, c'est pas mon jour.»

Il a enlevé son jean Guess? et la veste, et j'ai pris une bière pour lui, pour moi un Dr Pepper.

Nous sommes retournés nous asseoir sur le canapé du salon, et Jack disait: «Avec elle j'ai tout faux, c'est tout. Je ne pensais qu'à une chose, le cul, et elle ne pensait qu'à une chose, eux. C'est comme ça qu'elle appelle les gens: eux. Ce week-end à New York, c'était une idée de merde!

– C'était son idée à elle!

– Elle voulait seulement voir Bruce Springsteen.

– Elle ne m'a pas demandé des billets pour elle et toi. Elle voulait qu'on y aille tous.

– Elle pensait que c'était le seul moyen de le voir… Je n'aurais jamais dû la traîner à la maison pour rencontrer mes vieux. Elle appelle ça le bordel des réunions de famille !

– Et alors ? Elle n'avait qu'à dire qu'elle n'avait pas envie d'aller chez toi rencontrer tes vieux !

– Mais elle l'a dit ! Je n'ai pas écouté ! Je ne la laisse jamais parler… Je l'ai pratiquement forcée à se présenter aux pom-pom girls. Je l'ai forcée !

– Arrête de t'accuser tout le temps. Elle ne le mérite pas !

– Mais qu'est-ce que tu en sais ? a dit Jack. Je suis amoureux de Nicki ! »

J'ai cru qu'il allait fondre en larmes.

Je me suis rapproché, et j'ai mis ma main sur son poignet.

J'ai dit : « Jack, écoute. Tu es mon meilleur ami.

– Je sais. Je ne sais pas ce que je ferais sans toi. »

Ça, ça m'a arrêté, une seconde. Je voulais trouver les mots pour lui dire.

« Tu aurais dû voir sa tête », a dit Jack.

Je la voyais, sa tête. Je voyais la cigarette à ses lèvres, la fumée qui monte en spirales, ce sourcil haussé, le vert de ses yeux.

Jack a dit : « Elle m'a regardé droit dans les yeux et elle a dit : *Tout est fini, Jack.* »

Il tremblait. Il avait du mal à articuler. Il a dit : « Je rencontre quelqu'un que j'aime vraiment, et elle me dit que tout est fini.

– Jack », ai-je dit, mais il ne m'a pas laissé continuer.

Il a dit : « J'ai jamais… jamais… éprouvé ça pour personne ! »

J'ai mis mon bras autour de lui.

C'est comme ça que Papa nous a trouvés : Jack en caleçon sur le canapé, en train de dire qu'il n'a jamais éprouvé ça pour personne, et moi avec mon bras autour de lui.

Papa a aboyé : « Mais qu'est-ce qui se passe ici ? »

J'ai commencé : « Jack a pris… »

J'allais dire : « Des coups dans la figure », mais Papa m'a coupé.

« De la bière ! » a dit Papa. Il avait les yeux qui lançaient des éclairs.

« Mais Erick ne boit pas, monsieur Rudd. » Jack pensait que c'était contre moi que Papa était en rogne. La bouteille de Molson était juste devant moi.

Papa a eu un regard de tueur.

Il a chargé, il n'y pas d'autre mot. Il a chargé à travers le salon, jusqu'à l'escalier. Puis il est monté, en chargeant…

«Maintenant, c'est lui qui me jette, a dit Jack, parce que je bois sa bière.»

La vraie raison de la fureur de Papa ne lui serait jamais venue à l'idée.

Chapitre 12

«Chéri? (Maman était à la porte de ma chambre.) Tu ferais bien de te lever, si tu viens à l'église avec nous.

– Je n'y vais pas.»

J'étais couché sur le côté, sous les couvertures. J'ai entendu Maman traverser toute la pièce.

«Tu te rappelles que je t'ai demandé hier soir de ne pas contrarier Papa?

– Papa peut aller au diable», ai-je marmonné.

J'ai entendu le martèlement de la pluie sur le toit.

«Papa a fait une erreur, a dit Maman. Il était épuisé quand il est rentré.

– Une petite erreur.»

Aussitôt après que la voiture de Jack avait démarré, Maman était descendue. Je ne sais pas ce que Papa lui avait raconté, mais elle était blanche comme un linge. J'ai dit: «Va dans la cuisine et regarde la chaise où Jack s'est assis.» J'ai dit: «Il a enlevé sa veste et son pantalon pour qu'ils sèchent, alors tu ferais mieux de remonter vite fait expliquer à Papa qu'il ne s'inquiète pas, il a un seul fils pédé, pas deux.» Maman m'a dit qu'elle me donnerait une gifle si jamais elle m'entendait prononcer ce mot encore une fois.

Avant de dormir, j'avais jeté par terre la brochure sur le sida, à côté de mes chaussettes et des Nikes. Maman est venue près de mon lit et l'a ramassée. «Erick, je t'avais dit de ne pas laisser ça traîner.» Elle l'a mise dans le tiroir de son bureau.

«Qu'est-ce qu'on va raconter à Madame Tompkins, et aux gens? que Pete est en train de mourir d'un microbe qu'il a attrapé à Paris?»

Maman a fait volte-face. «Qu'est-ce que tu viens de dire?

– C'est marqué dans la brochure qu'on en meurt toujours.

– Ça m'est égal, ce qu'ils disent. Ce n'est pas forcément vrai.

– Tu ne l'as pas lue?

– Ecoute, Erick, lève-toi. On parlera de ça plus tard.

– Je ne vais pas à l'église avec Papa.

– Il y compte.

– Pas de bol! Je comptais sur lui pour me

connaître un peu mieux qu'il en a l'air. Je comptais sur lui pour connaître Jack un peu mieux, aussi.

– Ne commence pas, a dit Maman. Je n'en ai pas la patience.»

Elle est sortie de ma chambre en claquant la porte.

J'ai écouté la pluie un moment. Puis j'ai entendu des pas furieux sur le palier. Oh, c'est lui qui est furieux, ai-je pensé. Magnifique.

L'instant d'après, il était dans ma chambre.

«J'ai réagi trop vivement, hier soir, Erick. J'avais eu une longue entrevue avec Phil Kerin, et il y avait un embouteillage sur l'autoroute de Montauk.

– Je n'en reviens pas que tu aies pensé ce que tu as pensé.

– Je n'en reviens pas que tu aies fini par peindre ces chaises.

– Et moi, là-dedans ? Tu connais Jack depuis qu'il est né.

– Je connais aussi Pete depuis qu'il est né.

– Je ne suis pas Pete ! Jack non plus.

– J'ai dit que je m'excusais.

– Non, tu ne l'as pas dit. Tu as dit que tu avais réagi trop vivement.

– D'accord. Je m'excuse.

– Je ne suis pas près de l'oublier, celle-là.

– Alors pardonne. D'ailleurs, l'église, c'est fait pour ça : pardonner. Sors du lit et habille-toi !

– Je ne suis pas près de pardonner non plus.

– Qu'est-ce que ça peut te faire, ce que j'ai pensé ? Le week-end dernier, tu as dit que c'était simplement une autre manière d'être.

– Ce n'est pas celle que j'ai choisie pour moi, c'est tout.

– Pete me dit que ce n'est pas une question de choix.

– Je ne sais pas ce que c'est ! En tout cas je ne suis pas comme ça !

– Alors tu as un motif de reconnaissance ! L'église, c'est aussi fait pour ça. Debout ! Tout de suite ! »

Je savais qu'il attendrait jusqu'à ce que j'aie mis le pied par terre. « Maman m'a donné un bouquin qui dit que le sida, on en meurt forcément, ai-je dit. Comment se fait-il qu'on en ait jamais parlé ?

– On discutera après l'église, a dit Papa. Commençons par prier. »

J'étais presque habillé quand Jack a appelé.

« Je me dépêche, Jack, il faut que j'aille à l'église avec les parents.

153

– Est-ce que tu pourrais parler à Nicki, Erick ? Toi, elle t'écoutera. Dis-lui que je suis en train de devenir fou. Dis-lui juste de me voir. Elle ne veut pas me voir.

– Elle n'en vaut pas la peine, Jack.

– Est-ce que moi je te dirais que Dill n'en vaut pas la peine si tu avais des problèmes avec elle ?

– Nicki, ce n'est pas Dill.

– Parle-lui. S'il te plaît.

– Je ne sais pas quand je pourrai. Après l'église on va au restaurant.

– Dis à ton père que je lui achèterai un pack de Molson.

– Ce n'est pas après ça qu'il en avait, ai-je dit. Il était furieux à cause d'un embouteillage sur l'autoroute.

– Tu iras voir Nicki pour moi ?

– Pas aujourd'hui. Je ne peux pas Tu ne la connais pas, Jack. Elle n'en vaut pas la peine.

– Parce que toi, tu la connais ? a dit Jack.

– Je la connais assez pour savoir que ça ne vaut pas la peine de s'emmerder pour elle.

– Tu disais que tu l'aimais beaucoup.

– J'ai menti. » J'ai essayé de le dire sur le mode de la plaisanterie, mais le ton était plus amer que drôle, parce que si ça n'avait pas été Jack, j'aurais

154

probablement pensé qu'elle valait toutes les peines du monde.

«Merci de rien, Erick», et Jack a raccroché.

Du plus loin que je me souvienne, en remontant jusqu'à l'adolescence de Pete, le révérend Honfleur était le pasteur de Saint-Luc. Honfleur était un petit bonhomme maigre, avec des lunettes cerclées d'or. Il lisait toujours ses sermons, et on aurait dit une liste d'instructions pour achats par correspondance. Pour certains de ses paroissiens, il était «le père Ronfleur». Pour beaucoup d'entre eux, il n'était pas assez «salut-gars-comment-ça-va». Il n'avait aucun humour, il était arrogant, et les plus vieux disaient qu'il n'allait pas avec Saint-Luc.

Quelques années auparavant, Papa avait fait partie d'un comité secret chargé de remplacer Honfleur par quelqu'un qui aurait eu davantage de charisme.

Pete trouvait que ça ne ressemblait guère à Papa de s'impliquer dans une affaire si provinciale. Il n'arrêtait pas de harceler Papa pour découvrir la vraie raison de son désir de mettre Honfleur dehors. (Pete prenait toujours fait et cause pour les perdants ; il avait aussi pour le vieux Honfleur une sorte d'affection amusée.)

Puis Pete a découvert ce qu'il y avait derrière la rancune de Papa. Il semblait que le révérend Honfleur avait démissionné du Hadefield Club, surnommé «Le Pleindefiel Club» par certains indigènes, pour la raison que le club était discriminatoire envers à peu près tout le monde sauf les riches WASPS*, et n'aurait pas même laissé des Juifs rendre visite à ses membres.

Papa, qui avait été parrainé par la famille de Maman, était un vétéran du Hadefield. Il y jouait au golf, c'est sur les plages du club qu'il allait nager l'été, et c'est dans sa salle à manger qu'il traitait ses relations d'affaires. Bien que Maman ait fini par refuser de nager ou de jouer au tennis ici, elle continuait néanmoins à aller au club quand Papa en manifestait l'envie. C'était en gros le seul endroit de Seaville où Papa veuille jamais aller.

Papa prétendait que Honfleur avait dépassé les bornes en faisant des histoires à propos de certaines «traditions» du club.

«Comme la tradition qui veut qu'on soit riche, privilégié et sectaire? demandait Pete à Papa.

– Il n'y a pas de mal à être riche, privilégié et sélectif, répondait Papa.

* WASP: (White, Anglo-Saxon, Protestant) équivalent américain de notre BCBG.

« – Sectaire ! insistait Pete.

– Sélectif ! lui renvoyait Papa. C'est un club privé. »

J'avais six ou sept ans quand ces échanges avaient cours entre Pete et Papa. Ils durèrent tout un été, un été long et très chaud. On les entendait crier à peu près chaque soir dans la rue où nous habitions. Jack et moi, nous nous asseyions sur le bord du trottoir, en faisant semblant de nous boucher les oreilles, et moi je trouvais merveilleux que Pete tienne tête à Papa. Je n'étais pas un bagarreur de ce genre. Même si j'avais été bagarreur, Papa serait venu en dernier sur n'importe quelle liste d'adversaires potentiels que j'aurais pu réunir.

Au bout du compte, à la fin de l'été, pour l'anniversaire de Papa, Pete lui donna un cadeau qui mit Papa dans une telle colère qu'il flanqua vraiment une tournée à Pete. Papa n'avait jamais recours à la violence. Il ne nous avait jamais frappés, Pete et moi. Mais quand il a pris le T-shirt dans son emballage, qu'il la déplié, et qu'il a lu, il a sauté sur Pete.

Sur le devant du T-shirt, il y avait :

HADEFIELD CLUB

et au dos :

LE PLUS RICHE QUI MEURT A GAGNÉ

«L'avantage, quand on subit un sermon du vieux Honfleur, a dit Papa après l'église ce matin-là, c'est qu'il ne retient jamais votre attention. J'ai apprécié, ce matin. J'avais besoin de temps pour réfléchir.

– J'aime bien le père Honfleur, a dit Maman. Il est démodé, et puis on est habitués à lui.»

Nous roulions le long de Woody Path, en direction de la mer. Nous venions souvent là après l'église. Quand il pleuvait, comme c'était le cas ce matin-là, nous restions dans la voiture et nous regardions la mer.

«Je n'en reviens pas que tu ne veuilles pas déjeuner au club, a dit Maman quand nous avons dépassé l'entrée de Hadefield pour nous diriger vers la plage publique. La Mare aux grenouilles n'est pas connue pour la variété de sa cuisine. Du poulet. Du poisson.

– C'est exactement ce que Phil m'a dit de manger désormais, hier soir au dîner, a dit Papa. Poulet. Poisson. Diminuer la viande rouge, manger davantage de salade et de légumes… Et nous serons plus tranquilles à la Mare aux grenouilles.»

La voilà, la vraie raison, me suis-je dit. Papa voulait être sûr que rien ne filtrerait de notre discussion sur Pete auprès des membres du club.

«Cela fait des années que je te dis de diminuer la viande rouge, a dit Maman.

– Tu n'es pas oncologue, a dit Papa.

– C'est quoi, un oncologue ? lui ai-je demandé.

– Un spécialiste du cancer. Une des manifestations du sida de Pete est une forme rare de cancer. Ça s'appelle le sarcome de Kaposi. C'est une sorte de cancer de la peau», a dit Papa.

Je me rappelais avoir lu ça dans la brochure que Maman m'avait laissée, mais la plupart des informations n'avaient pas encore fait leur chemin jusqu'à ma conscience. Je continuais à me dire que cela ne concernait pas Pete.

Nous avons roulé jusqu'à l'endroit où nous avions vue sur l'océan, nous nous sommes garés, et nous avons partagé la Thermos de café que Madame Tompkins mettait toujours dans la voiture.

Il était de tradition que nous gardions toute conversation sérieuse pour après l'église, et nous venions ici. Ordinairement c'était mon cas qu'on abordait : les résultats d'examens, l'université, des choses qui m'étaient arrivées et que Papa avait ratées parce qu'il était à New York pendant la semaine.

Ce matin-là Papa a parlé de Pete.

Papa a dit que la maladie de Pete était en effet mortelle, mais que chaque jour on faisait de nouvelles découvertes, et la recherche progressait.

Nous devons être positifs, disait Papa. Beaucoup de victimes du sida sont encore en vie.

« Beaucoup ? a dit Maman.

– Quelques-unes, a dit Papa. Assez. »

Pete avait décidé de quitter la Southworth School. Jim Stanley avait convaincu Pete de l'accompagner à San Francisco pour voir un médecin.

« Et après cette histoire de fous, a dit Papa, Pete reviendra à la maison avec nous.

– Pete m'a dit qu'il allait à Beverly Hills avec Jim, après San Francisco, a dit Maman.

– Pete reviendra à la maison ! a répété Papa. Sa famille, c'est nous ! Qu'est-ce qu'il est pour Pete, Jim Stanley ? Même Pete, il le fatigue avec sa rhéthorique gay !

– Je crois que Jim est animé de bonnes intentions », a dit Maman.

Papa a répliqué : « Et l'enfer est pavé de bonnes intentions ! Je connais le meilleur cancérologue du pays et Pete fait confiance à un écrivain de science-fiction et à un machin qui se fait appeler Gay Inquiry ! »

Papa fixait son café d'un air mauvais. « Gay Inquiry ! Quel individu atteint d'un cancer irait faire confiance à un organisme gay quelque chose ? Est-ce que l'homosexualité attaquerait le cerveau ? »

Maman a dit : « Gay Inquiry fait des recherches sur le sida depuis plus longtemps que n'importe qui. Ils ont donné leur approbation à celles que mène ce médecin de San Francisco.

– Leur approbation ? a explosé Papa. Une garantie gay ?

– Quel mal y a-t-il à ce que Pete voie ce médecin ? a dit Maman.

– Pourquoi Pete devrait-il se contenter d'un sous-fifre, alors que Phil Kerin est le meilleur ? Juste parce qu'une boutique avec *Gay* sur la vitrine l'a recommandé !

– Je pensais que nous allions parler de tout cela calmement, Arthur.

– Mais absolument, a dit Papa.

– Quand est-ce qu'on commence ? ai-je dit.

– Tout de suite », a-t-il dit.

Il a posé la tasse de café en plastique sur le tableau de bord et a sorti une serviette en papier pour s'essuyer la bouche.

Les vagues étaient vraiment hautes. Je repensais aux matins d'été, tôt, avant que le soleil ne soit trop haut – on venait ici avec Pete et je le regardais plonger dans les rouleaux sur sa planche.

Ces étés-là, il travaillait comme sauveteur sur la grande plage, nous arrivions avant qu'il prenne son service. Il avait essayé de m'intéresser au surf, mais je préférais les châteaux de sable.

Maman avait peur qu'il se casse le cou. Elle lui rappelait que Michelle n'avait jamais été une fille téméraire, «et regarde ce qui lui est arrivé». Pete avait à écouter ça pendant qu'il préparait ses sandwiches pour le déjeuner. Il disait: «Maman, Maman, je serai prudent. Quand je verrai la grosse vague, *je plongerai**!» Cela faisait rire Maman, et ils se mettaient à jacasser en français. Pete savait comment la détendre. Il faisait d'elle ce qu'il voulait, et toujours il arrivait à ses fins, elle retrouvait le sourire.

«D'abord, a dit Papa, je perds mon sang-froid, comme dirait Erick, et je vous demande pardon.

– Comme dirait n'importe qui», ai-je dit.

J'étais assis sur bord de la banquette arrière de la Chrysler, les coudes sur le siège avant. Maman a posé sa main sur mon poignet, comme pour m'avertir de ne pas aller trop loin, de laisser faire Papa à sa façon.

Papa a dit: «Je n'aime pas ce qu'est Pete, et je n'aime pas ce qu'il a, mais tout cela n'a plus d'importance! Je vais tâcher de laisser mes sentiments en dehors de cette conversation.

* En français dans le texte.

– Bien, a acquiescé Maman. Parlons de ce que nous allons faire.

– Et de ce que nous n'allons pas faire, a dit Papa. Nous ne mettrons personne dans la confidence. Personne ! »

Maman a dit : « J'ai expliqué aux gens que Pete avait un virus, et il a bien un virus.

– Il n'y a aucune raison de donner la plus petite information que ce soit sur la santé de Pete ! a dit Papa.

– Arthur, je crois que nous devrions le dire à Madame Tompkins. Elle vit avec nous. C'est comme si elle était de la famille.

– Oui, mais elle n'est pas de la famille. Le secret des autres, c'est comme l'argent des autres, on n'y fait pas aussi attention qu'au sien.

– Je crois que moralement nous sommes obligés, soit de la mettre au courant, soit lui donner son congé, a dit Maman. Pete va venir à la maison. Elle a le droit de décider elle-même si elle court ou non un danger.

– Elle ne court aucun danger, Laura.

– J'ai dit : si elle pense ou non qu'elle court un danger.

– Si elle ne court aucun danger, quel sens cela a-t-il de la laisser décider si oui ou non elle pense qu'elle court un danger ?

– Et Jack? ai-je dit. Lui aussi, il est souvent là.

– Souvent, c'est certain! a aboyé Papa. En caleçon, en train de boire ma bière! D'accord, il avait de la peinture sur son pantalon, mais tu avais ton bras passé autour de lui!

– Arthur!

– Il avait le bras passé autour de Jack!

– Je m'en fiche, je n'écoute pas!» ai-je dit.

Mais j'ai écouté.

Papa a dit: «Je n'accuse personne! Mais peut-être que si nous avions fait davantage attention quand Pete avait l'âge d'Erick, nous n'en serions pas là!»

Maman a dit: «Maintenant, écoute-moi. J'ai eu un été entier pour penser à ça. J'ai aussi beaucoup lu sur le sujet. Ce n'est pas de notre faute.

– Je ne suis pas en train de dire que c'est de notre faute, a bondi Papa.

– Alors de quoi parles-tu, Arthur?

– Si Pete se comporte ainsi, on aurait pu le prévoir, il n'y a pas trente-six explications, il a toujours été le petit garçon à sa maman! Les trois quarts du temps, quand Pete était petit, vous étiez là à vous parler français dans les coins, à rire bêtement, à vous peloter!»

Maman a dit : « Ramène-moi tout de suite à la maison. »

J'ai dit : « Tu me laisseras au village. Je n'ai pas envie de rentrer à la maison. J'avais mon bras autour de Jack parce qu'il a rompu avec Nicki !

— Ne te casse pas la tête à lui expliquer quoi que ce soit, a dit Maman.

— C'est ça ! a dit Papa. Laisse-moi dans l'ignorance la plus totale, j'ai l'habitude, ç'a été comme ça pendant tout le temps où tu as élevé *tes* enfants !

— J'y vais ! ai-je dit.

— Pas sous la pluie, Erick ! » a dit Maman.

Mais j'étais dehors avant qu'elle ait eu le temps de finir sa phrase.

J'ai entendu Papa qui criait : « Laisse-le partir ! »

Je suis parti.

Chapitre 13

« Tu es trempé jusqu'aux os, a dit Nicki.

– Je suis venu en stop.

– Sous une pluie battante, rien que pour être à mes côtés ?

– Quelque chose comme ça. »

Il y avait une cigarette qui pendait à ses lèvres, et derrière elle, à l'autre bout d'un long couloir, j'apercevais le bar et une enseigne au néon qui disait en lettres rouges *Une bière Budd, pour vous…* Des chats siamois ont détalé à mon approche.

« Viens par là, a-t-elle dit. Ça, c'est Trois, Six, et Neuf, qu'on vient de voir. C'étaient les chats de Maman. Mon siamois s'appelle Scatter. »

Nous avons pris à droite dans le hall, nous avons dépassé la Boutique d'Annabel. Nicki marchait devant moi. Elle avait un pantalon fuseau noir et un pull vaste, doré, de la couleur de ses cheveux, des ballerines noires et à l'oreille droite deux anneaux en plastique noir.

« Je vais te sécher les cheveux dans ma chambre, a-t-elle dit. Au bar, ça va être l'heure du match.

– Ils vont sécher tout seuls.

– J'ai envie de le faire avec mon sèche-cheveux. Tu auras moins l'air d'un rat mouillé. Tu t'es déjà fait un brushing ?

– Evidemment que non.

– Evidemment que non, a-t-elle dit. Tu ne sais pas t'occuper de toi. Tu te trouveras bien, tu verras. »

Elle m'a fait monter un escalier en spirale, à côté du bureau d'accueil, en disant : « Ici, tous les noms ont un rapport avec Edgar Allan Poe. Ma mère ? Elle croyait qu'elle était sa réincarnation, seulement elle disait aux gens en général que c'était un lointain parent à elle.

– Une fois j'ai appris par cœur *Le corbeau,* pour le cours d'anglais, ai-je dit. Le corbeau dit : *Jamais plus.*

– *Une fois, par un minuit lugubre…* a-t-elle dit.

– … *Tandis que je m'évanouissais, faible et fatigué,* ai-je dit.

– Tandis que je m'*appesantissais,* pas *évanouissais.* Poe, je connais, a-t-elle dit. Voilà, c'est là que j'habite, dans la suite Un rêve dans un rêve... Tu étais où, à l'église ? un truc comme ça ? Tu es drôlement attifé.

– A Saint-Luc, avec mes parents.

– Bienvenue chez moi, a-t-elle dit. Oublie le reste – c'est là que je crèche. »

A gauche de la porte, il y avait une plaque de cuivre terni où on lisait : *Tout ce que nous voyons ou paraissons n'est qu'un rêve dans un rêve.*

« Cloches, Cloches, Cloches, c'est en bas, a-t-elle dit, et Le Corbeau, c'est à côté. » Elle m'a précédé, s'est retournée, et a dit : « Alors, entre ! » en fumant toujours sans les mains.

La première chose que j'ai vue en entrant, c'est un énorme poster de David Lee Roth. Il y en avait d'autres, plus petits, qui recouvraient les murs : U2, David Byrne, Sting, Duran Duran, Wham !, Bruce Springsteen.

« Manteau ! » a-t-elle dit, en se penchant pour écraser sa cigarette dans un coquillage.

J'ai enlevé mon manteau et elle l'a mis sur le dossier d'une chaise en osier blanc.

Un gros chat siamois s'est réveillé et a louché dans ma direction.

« Chemise ! a-t-elle dit. Sur la chaise, c'est Scatter.

– Ma chemise n'est pas mouillée à ce point-là, ai-je dit.

– Elle est trempée. Enlève!» a-t-elle dit.

J'ai enlevé ma chemise la mort dans l'âme. J'avais l'impression d'être le type «avant» dans une publicité pour le body-building. Je n'avais jamais eu la stature de Jack, ni ses muscles. J'ai des taches de rousseur sur les épaules. Jack était comme Dill, à la fin de l'automne il était encore bronzé. Et puis Dieu sait ce que j'avais sur le dos à côté des taches de rousseur.

Elle a mis ma chemise et ma cravate sur un cintre qu'elle a accroché à la poignée de son placard.

«Enlève aussi tes chaussures, a-t-elle dit. Chaussures et chaussettes.

– Et toi, tu enlèves quoi? ai-je dit.

– Ce que tu me dis», a-t-elle dit, et elle a pris sur son bureau un petit séchoir Gillette.

Elle a indiqué du doigt un vieux lit en cuivre avec une courtepointe blanche. «Assieds-toi. Je vais le brancher là.»

Tout dans la chambre était blanc – les tapis, la table, le bureau, les chaises, les stores – et un épais brouillard blanc flottait au-dehors devant les fenêtres, cachant l'océan, qu'on entendait sans le voir. La pièce elle-même avait l'odeur des bords de mer, une odeur de moisi, humide et salée.

Juste avant qu'elle allume le séchoir, j'ai dit: «Dill est à Norton, ce week-end, dans le Massachusetts, pour voir le campus de Wheaton.» Je n'avais aucune idée de ce qui me faisait dire ça.

Elle a braqué le séchoir sur moi, comme un fusil.

«Je me fous de savoir où Marianne Dilberto passe le week-end», a-t-elle dit, froidement.

Je me suis forcé à rire. Sur le mur, David Lee Roth me faisait de l'œil.

Et puis j'ai entendu le ronflement du séchoir, j'ai senti ses doigts sur mon crâne, et j'ai respiré ce parfum. Premier.

Quand elle a eu terminé, elle m'a tendu un petit miroir qu'il y avait sur sa coiffeuse et elle a dit: «Tu te plais maintenant?»

J'ai fait signe que oui. Je devais le reconnaître, j'aimais ce que je voyais.

«Est-ce que ça va te rendre snob?» a-t-elle dit.

On se souriait l'un à l'autre. Je souriais comme on sourit quand on ne peut pas s'en empêcher.

«Tu veux que je te fasse visiter? a-t-elle dit.

– Ah oui!

– Tu me suis? a-t-elle dit. Non, tu n'as pas besoin de tes chaussures, ni de ta chemise.

170

– Je suis à moitié nu, ai-je dit. Tu n'as pas des invités ?

– Des invités ? Quels invités ?

– Des clients ?

– Quels clients ? » a-t-elle dit.

Elle m'a attrapé par la main et m'a aidé à me lever.

– Tu sais pourquoi ça s'appelle comme ça, ici ? *J'étais un enfant, et elle était une enfant, dans ce royaume près de la mer,* a-t-elle dit, *mais nous nous aimions d'un amour qui était plus que de l'amour…*

– … *Moi et mon Annabel Lee*, j'ai achevé le vers pour elle. Je me rappelle ça du cours d'anglais, aussi.

– Qu'est-ce que tu ferais sans les cours d'anglais ? » a-t-elle dit.

Et de nouveau, on se souriait l'un à l'autre.

On se souriait… mais je me disais : qu'est-ce que je fous ici ?

Si la question lui est venue à l'esprit, elle ne l'a jamais posée.

Minable, miteux, merdique, une vraie ruine – il n'y avait pas d'autres mots pour décrire le Royaume-près-de-la-mer ; pourtant, je pouvais imaginer qu'un jour cela avait été un endroit fantastique : mystérieux, fou, rare. Toutes les suites, comme la sienne et Cloches, Cloches, Cloches, Le Corbeau, Hélène, le Chat Noir, donnaient sur l'océan, tandis que les chambres ordinaires avec bains donnaient sur l'autoroute de Montauk, desservies par une cour. Au milieu de la cour, il y avait une vieille fontaine dont Nicki disait qu'elle n'avait pas marché depuis des années. « Mais quand elle marchait, elle portait bonheur, et les gens jetaient des pièces dedans en faisant des vœux. J'adorais ce truc ! Tout mon argent de poche y passait ! Quand Papa la nettoyait, je ne reprenais jamais mes pièces, parce que je me disais que mes vœux ne se réaliseraient pas si je le faisais. » Nous regardions la fontaine depuis une fenêtre du hall au troisième étage.

« C'était quoi, tes vœux ? ai-je demandé.

– Oh, tu sais comment on est quand on est môme, des vœux de mômes.

– Je ne sais pas ce que ça pouvait être, les vœux de mômes comme toi.

– Les mômes comme moi ? J'étais comme tout le monde, à l'époque.

– Alors c'était quoi, tes vœux ?

– Des trucs. Une poupée. Une bicyclette. Ce que je souhaitais et qui ne s'est pas réalisé, c'était un cheval blanc. J'avais pris ça dans *Galope sur ton beau cheval jusqu'à Bandury Cross, et tu verras une belle dame sur un cheval blanc.* Elle, c'était moi, tu vois. Bagues aux doigts, clochettes aux pieds, etc.

– *Elle aura toujours de la musique en chemin.*

– C'est encore le cours d'anglais ?» Elle a ri.

Puis elle a dit : «Il y a de l'eau, sinon je t'aurais emmené en bas pour que tu lises l'inscription sur la fontaine. Ma mère était très portée sur les inscriptions, entre autres défauts. C'est marqué : *Tu étais tout pour moi, mon amour, et mon âme en est supérieure – Une île verte dans la mer, mon amour, une fontaine et une chapelle…* Ma mère, et Papa, ils avaient ça en commun pour quand la terre tremblerait. Elle était beaucoup plus jeune que lui, une bonne quinzaine d'années de moins… Tu veux aller nager ?

– Nager ?

– A l'intérieur, a-t-elle dit. En bas on a une piscine d'eau de mer chauffée.

Ça s'appelait la Cité-près-de-la-mer. Il y avait une peinture murale de New York tout autour de la pièce, avec au centre un immense bassin en forme de poire. Des chaises en bois blanc, dont la peinture s'écaillait et qui avaient perdu leurs coussins, étaient disséminées autour du bassin, sur du carrelage. Nicki est allée dans la salle de contrôle mettre en marche l'épurateur et le chauffage, et je me suis demandé s'ils avaient récemment rajouté du chlore; l'eau était un peu trop verte.

«Ça marche? m'a-t-elle crié. Je ne peux pas le mettre trop fort, parce que ça fait sauter la télé du bar quand on le met à fond.

– Ça marche!»

Elle est ressortie, et a dit: «Au bar ils sont tous en train de regarder les Colts.

– Je ne m'intéresse pas au football. Seulement à l'équipe locale.» Je pensais à Jack. Je pensais: qu'est-ce que je fous ici avec la copine de Jack?

«Papa n'a pas d'argent pour payer, même si je voulais aller à la fac, ce que je ne veux pas. Tout ça c'était des histoires. On est pratiquement en faillite.

– Il y a plein de gens qui ne vont pas à la fac.

– C'était des histoires aussi, que Papa voulait tous vous rencontrer avant qu'on aille à New York.

– OK.»

Nous étions tous deux au bord, en train de regarder le bassin. L'eau commençait à bouger.

«Je savais que vous vous attendiez à ça, que Papa veuille voir vos têtes.

– Ecoute, on n'est pas sur terre pour faire ce que les autres attendent de vous», ai-je dit. J'avais lu ça sur un poster.

Elle a posé sa cigarette dans un cendrier, c'était aussi un coquillage. «La fac, ça serait la même chose en pire. Les mêmes pom-pom girls, les mêmes groupes débiles toujours ensemble, puissance dix. Pourquoi est-ce que tout le monde se déplace en bande?»

Je me disais: qu'est-ce que je vais bien pouvoir mettre si on nage? J'avais un caleçon, et je savais à quoi ressemblait un caleçon trempé.

«Je ne sais pas pourquoi tout le monde se déplace en bande, ai-je dit.

– C'est comme les animaux, a-t-elle dit.

– Comme des chiens en bande. Des bandes de chiens.

(Je pouvais toujours y aller en pantalon.)

– Comme des troupeaux. Des moutons.

– C'est par sécurité, un truc comme ça, ai-je dit.

– La sécurité. C'est ça, la sécurité?» Elle est descendue, et elle a enlevé son pull.

Et moi je restais là.

Elle n'avait pas de soutien-gorge.

«Viens, a-t-elle dit. Je ne suis pas en train de

faire un strip-tease pour tes beaux yeux. On est là pour nager, non ?»

Alors on a nagé, nus. D'abord on a nagé le plus loin possible l'un de l'autre, puis elle a plongé, elle a refait surface à un battement de cœur de moi, elle a mis ses bras autour de mon cou, et j'ai senti ses seins contre ma poitrine.

«Tu vas me noyer, ai-je dit.

– Tu vas voir comment je vais te noyer! a-t-elle dit. Tu ne veux pas?»

Je ne sais comment, nous avons atteint l'endroit où on avait pied, où on touchait le fond, et c'est ce que nous avons fait. Nous avons touché le fond.

Je sentais la douceur de ses lèvres et de son corps, j'entendais le bruit de la pluie sur le toit au-dessus de nous.

«J'ai oublié de mettre la musique, a-t-elle dit au bout d'un moment. Je peux remplir cet endroit de musique.

– Ce que j'entends ressemble à de la musique.

– Je mettrai de la vraie musique plus tard, a-t-elle dit. Beaucoup plus tard… quand je serai fatiguée de toi.»

Je ne me rappelle pas comment la nuit est venue. Finalement, elle a été là, c'est tout.

On s'est faufilés à travers les couloirs, nos

vêtements à la main; on frissonnait, on a couru à son lit en entrant dans la chambre; trempés, on a sauté sous les couvertures, avec des fous rires, en se parlant très doucement, sans raison, en chuchotant presque: il est si tard, il fait tellement sombre, des phrases pour ne rien dire qu'on disait solennellement, à voix basse.

«Et ton père? ai-je dit, longtemps après. (Je pensais au mien, à Maman, aussi.)

– Attends, je vais allumer. J'en ai pour une minute, je vais lui dire que je descends bientôt.

– Et s'il me trouve ici?

– Il ne montera pas. Il est au bar.» Elle a allumé une lampe. Scatter était assis sur le bureau, il nous regardait en louchant de ses yeux bleu ciel.

«As-tu un téléphone?»

Elle en a montré un du doigt, sur la table à côté du lit. «Viens d'abord ici.»

Puis elle a dit: «Il va falloir que je change les draps, ils sont mouillés. Oh, ne t'en va pas, Erick. Pas encore... pas encore.»

Longtemps après, j'ai dit que je ferais mieux de téléphoner.

«Oui», a-t-elle dit.

Je savais que Maman allait s'inquiéter.

Nicki s'est levée, elle s'est enroulée dans une

couverture, et elle est allée crier dans un inter-phone fixé au mur qu'elle avait une faim de loup. «Oh, c'est ce qu'il y a au menu de ce soir? Du loup? Bon, tant mieux!» Elle a ri... Elle a dit: «Qui a appelé? Qui?» et elle a ri de plus belle.

J'ai pensé: Jack.

Elle a dit: «Passe ton coup de fil. Après, je te raccompagne en bas.»

J'ai enfilé mon caleçon, ma chemise, j'ai réin-tégré mon pantalon.

Elle m'a apporté mes chaussures et mes chaus-settes, s'est penchée, et m'a embrassé sur la bouche.

Je tremblais quand j'ai composé le numéro.

C'est Papa qui a répondu.

«Erick? Je suis désolé de m'être comporté comme ça.» J'étais à des années-lumière de son comportement. «Je n'ai aucune excuse», a-t-il dit. Puis il en a trouvé une. «Toute cette histoire m'affecte davantage que je ne veux me l'avouer... Neandertal a appelé plusieurs fois.» Il a essayé de rire.

«Je dois lui manquer, ai-je dit. Tu sais comment c'est, Papa.

– D'accord. Autant pour moi.

– Dis à Maman que je serai là dans pas long-temps.»

Nicki a mis ma cravate autour de mon cou, tapant sur mes mains pour que je n'y touche pas: «Laisse-moi faire le nœud.»

Une fois le nœud fait, elle a dit: «Il faut que tu y ailles?

– Il faut que j'y aille.»

On n'aurait pas pu être plus lents que nous l'avons été à parcourir le couloir et l'escalier en spirale. Elle m'a demandé comment j'allais rentrer à la maison, et j'ai dit: «Je me débrouillerai, ne t'inquiète pas.»

Devant la porte, je me suis retourné pour lui faire face. Elle avait des mules et la robe blanche, et j'ai glisse une main dans sa robe pour la toucher.

«Si tu veux rentrer chez toi, ce n'est pas le meilleur moyen.»

J'ai commencé une phrase, à propos de Jack, quelque chose comme: «Je ne sais pas comment j'ai pu faire ça à Jack», mais elle a secoué la tête, non, et elle a mis un doigt sur mes lèvres, pour me faire taire.

J'ai attrapé sa main et puis je l'ai laissée retomber.

J'ai tourné les talons et j'ai ouvert la porte. Je l'ai entendue dire que la pluie s'était arrêtée; tant mieux, je ne me ferais pas tremper. Elle a allumé des projecteurs.

J'étais déjà à mi-chemin, quand elle a couru derrière moi, et je me suis arrêté quand elle a appelé : « Erick ? Attends !

– Quoi ? »

Je me suis retourné et elle m'a enlacé, et nous avons tourbillonné encore et encore, cramponnés l'un à l'autre, en riant, et puis en ne riant plus. « Je déteste que tu t'en ailles ! » a-t-elle dit. Nous étions debout dans les lumières comme des personnages sur une scène de théâtre.

« Je reviendrai », ai-je dit.

J'ai fermé les yeux, en la serrant de toutes mes forces, et quand je les ai ouverts, j'ai vu la Mustang, arrêtée au pont-levis. Il devait être en route pour le Royaume quand il nous a repérés.

« Jack, ai-je dit. C'est Jack. » Et je l'ai regardé faire marche arrière, tourner, et disparaître.

Chapitre 14

Au lycée, la semaine a commencé avec une lettre de Dill scotchée à mon casier.

Cher Erick,

Jack est venu me voir hier soir, et je n'ai pas besoin de te dire de quoi nous avons parlé. Comme tu ne m'as même pas appelée pour savoir si j'étais rentrée du Massachusetts, j'imagine que ce que Jack a vu au Royaume-près-de-la-mer explique tout. Je savais depuis New York que quelque chose n'allait pas, qu'il s'était passé là-bas quelque chose qui t'avait fait changer. J'imagine que c'est pénible d'être embarqué avec une fille qui ne veut pas qu'on la touche, vrai ou faux ? Bon, tu savais ce qu'il fallait faire pour ça, non ? Ce que je ne peux pas avaler, ce n'est pas ce que tu nous as fait à nous en lui courant après, c'est ce que tu as fait à Jack ! J'aurais pu pardonner que tu couches avec quelqu'un comme elle derrière mon dos, si c'est ça que tu as fait, mais je ne pourrai jamais, jamais, te pardonner d'avoir fait ça à Jack, d'avoir dragué la seule fille qui ait jamais compté pour lui. Si c'est ça le genre d'ami que tu es, alors comment pourrait-on te faire confiance ?

Je ne veux plus rien avoir à faire avec toi. En un sens, je suis contente que cela se soit passé la dernière année, puisque maintenant je peux aller à la fac de Wheaton (s'ils me prennent, et ça se présente bien !); il n'y aura plus personne du passé pour m'empêcher de profiter de l'avenir. J'espère que tu profiteras du tien, Rudd, mais si j'étais toi, je ne dormirais pas bien la nuit… mais peut-être que coucher avec La Salope t'aidera à dormir.

Dill

Ce fut la plus étrange semaine que j'aie jamais passée au lycée de Seaville.

La veille, Nicki et moi étions devenus un couple en un instant, mais nous étions comme deux nouveaux dans une école où nous n'aurions connu personne, livrés à nous-mêmes, tandis que se répandait comme une traînée de poudre la nouvelle que j'avais piqué la petite amie de Jack.

D'un côté, il y avait Dill qui me croisait dans les couloirs comme si je n'existais pas, et Jack qui regardait partout sauf dans ma direction; c'était une solitude incroyable, comme si j'avais été l'homme invisible.

De l'autre, il y avait Nicki quand elle venait vers moi, dans une de ses tenues loufoques, géniales, magnifiques, par exemple une robe en dentelle jaune, avec la veste à franges noire, dingue, en cuir, son accident dans le dos, et elle me souriait, et elle était à moi, le reste ne comptait pas. C'était vraiment des hauts et des bas ; j'essayais de voir ça comme un jeu, mais le jeu était si intense que parfois j'en perdais le souffle, et je regrettais les bonnes vieilles traditions de la terminale : on sort avec une fille, on fait partie d'un groupe, on a avec l'une et avec l'autre un long passé commun, au lieu que tout soit nouveau.

Et toujours, il y avait Pete dans mes pensées. Toujours cette idée que si j'avais jamais eu besoin de Dill et de Jack, les personnes les mieux placées pour savoir ce que Pete représentait pour moi, c'était bien en ce moment.

Alors c'était tout l'un ou tout l'autre ; je tombais si bas quelquefois que je me sentais comme complètement étranger à moi-même, et puis je remontais, je planais, perdu quelque part avec elle, trop haut pour me soucier du reste.

Les soirs où je ne travaillais pas, j'allais au Royaume-près-de-la-mer, je restais aussi longtemps que je pouvais, c'était Un rêve dans un rêve, ou un bain dans la Cité-près-de la-mer – un petit salut au Capitaine Marr, un mot ou deux échangés entre nous… et je me rappelais que la première fois qu'elle m'avait présenté, il avait souri, et il avait dit : «Un nouveau, ma girouette ? Comment tu t'appelles ?… Erick ? Ne la laisse pas te faire tourner en bourrique», en riant.

«C'est différent, Papa ! lui a dit Nicki. Alors laisse-le tranquille, hein ? Je ne suis plus une girouette.»

Si quelqu'un devait me laisser tranquille, c'était bien son père. Il était là, comme un enfant trop vaste et trop grand pour son âge, à serrer dans ses bras les chats siamois qu'il laissait régner sur le bar, à errer dans son T-shirt des Restaurants du cœur, les yeux cachés sous la visière de sa casquette. Il y avait toujours des filles plus jeunes que lui en train de téter des cocktails sur les hauts tabourets, pendant qu'il regardait les sports sur la télé juchée derrière le comptoir, ou discutait avec Toledo, qui aurait fait fuir n'importe qui, tant il était gros et teigneux.

Si on avait organisé un concours du père de petite amie idéal, le Capitaine aurait gagné haut la main. Il était déconnecté comme un consommateur de hachisch ; rien ne semblait le troubler, ni qu'on se baigne à poil dans la piscine ni que je sois dans la chambre de sa fille.

«Il est en pleine dépression nerveuse parce que les affaires vont mal, disait Nicki. Les soucis le rendent vraiment adorable, tu vois.

– Vous feriez peut-être plus d'affaires si vous vous débarrassiez de Toledo.

– Toledo vaut mieux que ce dont il a l'air. C'est seulement que les pédés lui courent sur le système. Il dit que voir un pédé marcher dans le bar, ç'est comme voir le premier asticot gigoter sur un cadavre, ça veut dire la fin de tout. Toledo est là depuis qu'on a démarré, alors il est chez lui. On a toujours eu des motards, comme Ski, ou des pêcheurs. Ça a toujours été un bar macho.

– Ça t'ennuie, les pédés? lui ai-je demandé.

– Moi? J'adorerais faire l'amour avec un pédé. Le faire changer? Je parie que je pourrais!

– Et s'il ne veut pas changer?»

Nicki a ri. «Je lui prêterais mes affaires. Je l'aiderais à être une vraie reine comme Boy George. Je lui passerais *The Age of Consent*.

– Je ne sais pas ce que c'est, *The Age of Consent*.

– C'est un album de Bronski Beat. Un trio d'Écossais, gay. Ils portent des triangles roses,

comme ceux que les Nazis obligeaient les homosexuels à porter. Ils ont une chanson, *Smalltown
Boy,* sur un type gay qui doit quitter sa famille et
la ville où il vit.

– Mais si un pédé ne ressemble pas à une tante ;
s'il est comme n'importe quel type ?

– Alors c'est du gâchis, a dit Nicki. C'est rien
qu'une perte de main-d'œuvre, non ? »

Je n'ai pas insisté.

Le vendredi après-midi, quand je suis rentré du
lycée, il y avait une Saab 900 Turbo devant l'entrée, avec *JJ-Scifi* sur la plaque d'immatriculation.

Maman m'a accueilli sur le pas de la porte pour
me dire que Jim Stanley et Pete étaient en train de
prendre le café dans le salon. Elle a dit qu'Oscar
avait été piqué.

Je me suis jeté dans la cuisine pour reprendre
mes esprits. Je me suis mouché, j'ai pris un Coca
dans le réfrigérateur. J'étais debout devant l'évier,
en train d'essayer de retenir mes larmes, quand
Pete est entré.

« Tu aurais pu au moins me laisser lui dire au
revoir ! ai-je dit.

– On est arrivés à deux heures, a dit Pete. Le
vétérinaire reçoit jusqu'à quatre heures... Tu savais
bien que j'allais le faire cette semaine.

« – Je ne savais pas quand. J'imagine que je ne suis pas assez grand pour qu'on me prévienne. »

Pete a passé outre. Il a dit : « J'ai pensé que cela relevait de ma responsabilité, Ricky.

– La tienne et celle de Jim ?

– Ricky, Jim a simplement eu la gentillesse de me conduire.

– Mais écoute, Pete, il était aussi à moi, ce chien ! »

Chaque fois que je voyais Pete, il avait encore maigri. J'ai eu honte de mes reproches.

Il a mis un bras autour de mes épaules. « J'ai tenu Oscar pendant qu'on le piquait. Il est parti très paisiblement.

– Pauvre Oscar Wilde. (J'ai souri à Pete.) Excuse-moi.

– Ne t'inquiète pas. Viens voir Jim. On ne peut pas rester pour dîner. »

Pete portait une veste en tweed à chevrons, un pantalon en flanelle grise, une chemise blanche et une cravate à rayures.

« Pourquoi es-tu si bien habillé ?

– Je me suis arrêté pour voir le révérend Honfleur. Il se peut que Maman ait besoin d'aide.

– Tu lui as dit ?

– C'est pour ça que j'allais le voir.

– Papa sait que tu lui as dit ?

– Il y a juste Jim et toi qui savez. Même Maman ne le sait pas. Je voulais qu'il y ait quelqu'un en dehors de la famille qui se tienne prêt à aider Maman.

– Qu'est-ce qu'il a dit, le vieux Ronfleur ?

– Il a dit qu'il aime beaucoup Maman. Puis il s'est mis à parler de la façon dont l'homosexualité est traitée dans la Bible. Il dit en gros que les gens qui se reportent quatre mille ans en arrière et ressortent une loi écrite pour des nomades dans le désert, en prétendant l'appliquer ici et maintenant, ne sont pas honnêtes envers les Écritures.

– Alors il n'est pas contre ?

– Il n'est sûrement pas pour, a dit Pete. Il traitait la question intellectuellement. Tu connais Ronfleur. Il citait le Lévitique, et ce que Paul a dit aux Romains, il faisait de l'exégèse. » Pete a plongé ses mains dans les poches de son pantalon, et a dit : « Ricky ? Maman fait toujours comme si elle était solide comme un roc, comme si rien ne la surprenait, mais il va y avoir un tas de problèmes dont elle n'a pas idée.

– Comme quoi, Pete ?

– OK. J'ai dû passer un contrat avec Southworth. Légalement, ils ne peuvent pas me virer parce que j'ai le sida. Mais je sais qu'ils ne veulent pas de moi dans les parages. J'ai besoin de la Sécurité sociale, et puis j'ai cotisé pour. Alors j'ai proposé de prendre un congé d'un mois renouvelable… Ils ont accepté, pourvu que je m'en aille le jour même.»

J'ai voulu commencer une phrase, mais Pete m'a interrompu. «Attends, ce n'est pas fini… J'ai parlé à une amie à moi, dans l'immeuble. Enfin, je croyais que c'était une amie. Je vais perdre l'appartement. Elle fait circuler une pétition pour me mettre dehors. L'appartement n'est pas à mon nom, alors je ne peux pas me battre… Je suis un peu comme un lépreux, mon vieux. Tout à fait comme un lépreux.

— Pete, je suis désolé.

— C'est rien que la pointe visible de l'iceberg, j'en ai peur. Tu t'en apercevras bien assez vite, et ça me désespère de faire subir ça à la famille… Encore une chose. Je ne vais pas à San Francisco avec Jim.

— C'est Papa qui t'a fait changer d'avis?

— Non. Jim a signé le contrat pour sa série télé. Ce n'est pas le moment qu'il déguerpisse à San Francisco, ni que j'aille sur la côte ouest. Je vais me mettre entre les mains de Phil Kerin.

— C'est bien, Pete! Papa dit qu'il est le meilleur!

– Alors je serai dans le coin. Ici.

– A Seaville ?

– A Seaville, a dit Pete. *La maison familiale, quand vous devez vous y rendre, est l'endroit où on doit vous accueillir.* Cinq dollars que tu ne sais pas qui a écrit ça.

– Papa ? »

Pete a ri, et m'a décoiffé. « Allez, viens voir Jim. »

Chapitre 15

Jim Stanley s'est levé pour me serrer la main.

Parmi ce que je savais de Nicki, il y avait ceci : il fallait absolument qu'elle trouve à qui vous ressembliez. Elle disait que j'étais une version frisée du chanteur Roddy Frame, d'Aztec Camera, mais je n'avais jamais vu Roddy Frame, je n'en avais même jamais entendu parler... Jim Stanley, aurait dit Nicki, était un Richard Chamberlain en plus jeune. Il faisait partie de ces types qui se tiennent vraiment bien, jamais un geste déplacé, polis et tout ; n'importe quelle mère adorerait que sa fille ramène un homme comme ça à la maison.

Mais c'était Pete qui l'avait ramené à la maison.

Je ne sais pas ce que l'expression « se tenir bien » aurait pu signifier en de telles circonstances. Je sais que je n'aimais pas qu'il m'appelle Ricky (seul Pete m'appelait comme ça), et Maman regardait ailleurs chaque fois qu'il donnait à Pete un coup de coude ou une tape affectueuse sur le genou, et chaque fois qu'il disait «nous» ceci et «nous» cela, ce qui faisait beaucoup de fois.

Ces gestes m'énervaient, moi aussi. Apparemment, c'était aussi innocent que l'instant d'avant, quand nous nous touchions, Pete et moi, en parlant, mais d'une manière ou d'une autre cela me gênait. En fait, j'aurais préféré qu'ils soient assis plus loin l'un de l'autre sur le canapé.

Pendant un moment, nous avons parlé des nouvelles séries que Jim était en train d'écrire pour NBC.

Maman a dit: «Erick veut travailler dans le cinéma, lui aussi.

— Peut-être, ai-je dit.

— L'université de New York a une école de cinéma formidable, a dit Jim. Joel Coen en sort. *Blood Simple* et *The XYZ Murders,* c'est son frère et lui. Grandes choses!

— Je doute que Papa soit d'accord pour l'école de cinéma, a dit Pete.

— Ah, oui, a dit Jim, il y a lui-même à combattre.»

Maman l'a regardé. Elle a dit: «Monsieur Rudd a toujours été ouvert aux suggestions.

— Comme le pape.» Pete a souri.

Jim et Pete trouvaient ça drôle, mais Maman

n'a pas apprécié. Que Pete et moi, nous nous moquions de Papa, à la rigueur, mais Maman n'avait pas envie qu'un étranger s'en mêle.

Cela m'a rappelé que, quand nous étions petits et que Papa faisait la loi, Pete l'appelait «Son Altesse Sérénissime». J'étais tellement plus petit que Pete, je n'aurais jamais su prononcer «Son Altesse Sérénissime», encore moins ce que cela voulait dire. Dans ma bouche ça devenait «C'est Sissi».

Pete a dû lire dans mes pensées. Il a levé les yeux vers moi et a dit: «*C'est Sissi* pousse beaucoup pour qu'Erick ait sa licence.

– Pete, a dit Maman. Propose à Jim une autre tasse de café.» Elle voulait détourner la conversation, l'éloigner de Papa.

Jim a dit non merci, mais qu'à son avis Pete devrait manger un sandwich.

Maman allait se lever quand Pete a dit qu'il ne pourrait rien avaler.

«Un lait de poule, alors, a dit Jim. Ça te dirait, un lait de poule?

– Merci, mais rien.

– Pete!» a dit Jim d'un ton grondeur.

Maman a regardé par la fenêtre.

«Je ne pense pas que je puisse avaler quoi que ce soit, a dit Pete.

– Je te le ferai comme tu aimes, a dit Jim, pas trop sucré, avec une goutte de rhum. Madame Rudd, vous avez des œufs, de la vanille, du lait et un peu de rhum?

– Oui, je vais m'en occuper. (Maman a fait un geste, mais Jim était déjà debout.)

– Je sais comme il l'aime, a dit Jim. *Moi j'ai pris charge**.

– *Fais ce que tu dois »** a dit Pete, ce qui en soi était inoffensif, mais Maman l'a pris comme une insulte. Cela avait toujours été son jeu à elle, avec Pete, ce ping-pong en français. Elle avait les jambes croisées et celle qui était au-dessus de l'autre s'agitait comme la queue d'un chat en colère.

«Je vais te montrer où est le rhum», a dit Pete, et il s'est levé pour suivre Jim à la cuisine.

Une fois qu'ils ont eu quitté la pièce, j'ai dit: «Comment ça se fait que Pete n'aille pas sur la côte ouest?

– Jim partage un appartement avec un ami. L'ami ne veut pas de Pete.

– A cause du sida?

– C'est probablement pour ça, oui.

– Pete le prend mal?

– Ne me pose pas toujours des questions sur les

* En français dans le texte.

194

sentiments de Pete, Erick. Je n'en ai pas la moindre idée. Jim m'en dit plus que lui – plus que je ne voudrais savoir, d'ailleurs.

– Par exemple ?

– Pete a déjà eu des pépins. Une hépatite.

– Il y a plein de gens qui ont des hépatites.

– D'autres choses. Pire. Des choses dont il ne nous a jamais parlé.

– Mais qu'est-ce que tu crois, Maman ? Qu'il vous aurait annoncé, à toi et à Papa, qu'il a chopé une blenno, ou je ne sais pas quoi ? Moi je ne vous le dirais pas, ou alors il faudrait que je sois obligé !

– Et Jim a dit que Pete n'avait pas vraiment eu beaucoup d'amis. Pas ce qu'on pourrait appeler des amis, a dit Jim – jusqu'à ce que Jim arrive.

– Pete sortait beaucoup. C'est lui qui me l'a dit.

– Oh, Pete sortait beaucoup, d'accord. J'ai demandé à Jim pourquoi Pete était si enclin à ces problèmes… ces infections… et Jim m'a dit que Pete n'est jamais resté très longtemps avec une seule personne. D'après ce qu'il dit, il y a des homosexuels qui ne le peuvent pas, parce qu'ils ont pris l'habitude de cacher ce qu'ils sont, et ils n'ont jamais appris à fréquenter autrui, sauf dans les bars… aux bains ! Tout cela est tellement sordide !

– Alors ne demande pas à Jim.

– Pete n'en serait peut-être pas là si je lui avais posé des questions il y a longtemps.

– Et encore une petite gorgée de culpabilité, ai-je dit.

– Jim en est venu à cette conclusion : certains homosexuels sont sortis avec plus de gens qu'ils n'en pourraient compter… Plus qu'ils n'en pourraient compter.

– Oui, mais si Pete était sorti avec plus de filles qu'il n'aurait pu en compter, si c'était plus de filles qu'il n'en pourrait compter…

– Mais ce n'est pas le cas, a dit Maman amèrement.

– Mais si ça avait été le cas ? Alors il n'y aurait pas de problème. Papa nous a toujours dit à Pete et à moi de faire des frasques, d'accord ? Le mariage, c'est pour la vie, d'accord ? Alors, courez à droite, à gauche un maximum.

– Ton père disait ça pour les hommes et les femmes, le mariage.

– Mais il nous a toujours dit de nous amuser un maximum !

– Je n'ai pas envie de continuer cette conversation… Oscar me manque tellement, j'en pleurerais.

– Il me manque à moi aussi.

– Jim m'a prise à part pour me dire que Pete

était bouleversé pour Oscar, qu'Oscar symbolisait toute une part de la vie de Pete qui se terminait. Il dit que Pete a fait bonne figure devant moi, mais qu'il était dévasté, alors ils ne restent pas dîner, car il veut ramener Pete à la maison. J'ai dit que la maison de Pete, c'est ici.

— Jim n'a aucune chance, ici, ai-je dit.

— *Moi j'ai pris charge*, a dit Maman, glaciale. Son accent laisse beaucoup à désirer... Je suis méchante ?

— Mais oui, très méchante... Je ne dîne pas là, Maman.

— J'ai une répétition, de toute façon. Tu vas chez Dill ?

— Pas ce soir.

— Est-ce que tout va bien, entre toi et Jack ? Ça fait longtemps qu'on ne l'a pas vu.

— Tout va très bien, ai-je dit. (Je n'allais pas lui mettre sur le dos mes problèmes à moi, en plus du reste.)

— Chéri ? J'arrête de parler de ça, mais j'ai mis sur ton bureau une feuille d'instructions. Avec Pete qui revient, il y a des précautions que nous devrons tous prendre.

— D'accord, ai-je dit. Je la lirai... Quand est-ce qu'il s'installe, Pete ?

– Dès que Jim sera retourné sur la côte, a dit Maman. Je n'arrive pas à penser à eux comme à un couple, et toi?

– Non, pas vraiment.

– C'est un tort que nous ne puissions pas, non?» a dit Maman.

J'ai dit: «Arrête, M'man. Tu fais de ton mieux pour être à la hauteur.

– Tu y arrives trop bien, a dit Maman. Cela m'inquiète.»

Quand Pete et Jim sont revenus de la cuisine, Pete a dit qu'il se sentait beaucoup mieux. Jim a dit: «Tu vois?»

Nous sommes restés un moment debout à nous dire au revoir. Maman a proposé de venir avec le break quand Pete serait prêt à déménager ses affaires pour venir à Seaville.

«Je laisse ma Saab à Pete pendant que je serai sur la côte, lui a dit Jim. Il n'a aucun meuble à déménager, Dieu merci. Il peut probablement tout mettre dans la Saab.

– J'espère que vous savez ce que vous faites, étant donné la façon dont Pete conduit.

– Je sais ce que je fais, madame Rudd, a dit Jim.

– Bonne chance pour les nouvelles séries, Jim! ai-je dit.

– J'essaie de persuader Pete de mettre un peu *Les Skids* en veilleuse, et de m'aider pour des scripts. Je n'aurais jamais pensé que je collaborerais ANPN.

– ANPN ? ai-je dû demander.

– Avec Notre Pete National », a dit Jim.

Après leur départ, Maman s'est mise à bouger les meubles de place dans le salon. Elle faisait toujours ça quand elle était malheureuse et angoissée. Je suis monté prendre une douche. Quand je suis sorti de la douche, j'ai pris le sèche-cheveux de Maman dans le placard de la salle de bains. Je ne sais pas pourquoi, mais je ne voulais pas qu'elle m'entende, alors j'ai ouvert le robinet de la baignoire.

Je me suis regardé dans la glace pendant que je me séchais les cheveux.

J'entendais encore Nicki ronronner : « Tu te plais, maintenant ? Est-ce que ça va te rendre snob ? »

J'ai essayé de ne pas penser à la feuille d'instructions que Maman avait mise sur mon bureau, qui commençait par 1. *Tout ce qui concerne la cuisine et la salle de bains peut être mis en commun, mais pas les brosses à dents, ni le savon, ni…*

Je ne l'ai pas fait exprès, mais mes pensées sont

allées vers Nicki, l'effet qu'elle produisait sur moi, ce qu'il y avait de mieux en elle : le cran. Sa grande bagarre contre *eux*. La façon dont elle me signifiait qu'elle avait envie de moi, aussi, qui faisait que je ne me sentais jamais comme les adolescents en état de manque, obsédés par l'envie d'une fille. Comme c'était facile pour moi de dire : « Je t'aime. »

Ce n'était pas de le dire qui était difficile. Je le disais et le redisais.

Une fois elle m'a demandé : « Quand est-ce que tu as su que tu m'aimais ? »

Je ne savais pas. J'ai dit : « Dimanche dernier.

– Pas avant ?

– Et toi, quand est-ce que tu l'as su ?

– Chez ton frère, quand on a parlé, pendant qu'ils étaient dans la cuisine. Je me suis dit : Oh non ! Je me suis trompée de garçon.

– Pourquoi est-ce que tu m'as aimé ?

– Tu vois, je ne crois pas qu'on puisse jamais savoir. Je ne crois pas que c'est parce que tu es rouquin et mignon et que je peux te parler. Je crois que c'est le karma. Ma mère disait que tout est destin. Karma. Ou alors c'est chimique. Il y aurait une dizaine de placards pleins de vêtements, je reconnaîtrais les tiens rien qu'à l'odeur. Pour moi tu sens bon.

– Je voudrais te donner le monde !» ai-je dit. Des choses comme ça sortaient de ma bouche toute la semaine. J'imagine que les clichés sur l'amour sont devenus des clichés parce qu'il n'y a pas trente-six manières d'agir ou de sentir. Vous vous dilatez, vous dites des choses que vous n'aviez jamais dites, vous faites toutes sortes de nouveaux gestes aussi facilement que si vous les aviez faits toute votre vie. C'était comme devenir riche tout d'un coup, ou être découvert par un imprésario et être une star du jour au lendemain.

Cet après-midi-là, sur le chemin de la maison, en revenant du lycée, j'avais vu un petit cheval blanc en porcelaine dans la vitrine de l'antiquaire. Je m'étais rappelé qu'une fois elle avait désiré un cheval blanc et ne l'avait pas eu. Je l'ai acheté pour elle. Sur une carte, j'ai écrit : *Nicki, tu auras toujours la musique en chemin. Love, Eri.* C'était le nom qu'elle me donnait. J'aimais ça, qu'elle me donne un nom aussi nouveau qu'elle était nouvelle pour moi… J'ai réalisé que je n'avais jamais acheté de cadeau pour Dill, sauf quand il y avait une occasion. Nous ne nous étions jamais donné des noms spéciaux.

J'allais sortir quand j'ai surpris une conversation entre Maman et Madame Tompkins, dans la cuisine. J'ai entendu Maman lui dire que Pete était malade du sida. Est-ce que Madame Tompkins savait ce que c'était, le sida?

«Bien sûr, je sais ce que c'est. Mais pas Peter. Peter n'est pas… n'est pas…»

Je me suis glissé par la porte de devant et j'ai pris le chemin du Royaume-près-de-la-mer.

Chapitre 16

A l'époque où Pete est revenu à Seaville, le Royaume-près-de-la-mer était mon deuxième chez-moi. Nicki travaillait à la Boutique d'Annabel les jours où je travaillais à la librairie, mais nous passions les autres après-midi ensemble, à Un rêve dans un rêve, ou bien nous marchions dans les dunes, ou nous nagions à la Cité-près-de-la-mer. Je rentrais dîner à la maison, puis je repartais là-bas jusqu'à dix ou onze heures du soir. Nicki n'a jamais voulu aller nulle part. Elle disait que sortir la transformait, de même qu'il il y a des gens que l'alcool transforme. Elle disait que dès qu'elle s'éloignait du Royaume-près-de-la-mer, elle n'était plus la même.

«De toute façon, on n'a pas besoin des autres, disait-elle. Tu penses qu'on en a besoin, ou qu'on est très bien comme ça?

– On est très bien comme ça», répondais-je, mais parfois, j'aurais souhaité pouvoir la montrer, être vu avec elle, parler d'elle à quelqu'un… Et parfois, Jack me manquait tellement que j'avais envie de pleurer.

J'avais acheté une bouée verte en forme de crocodile, avec des taches noires et de grosses dents banches, à la Boutique de la plage. Nicki l'adorait. On montait dessus, dans la piscine, pendant que des chansons comme *Can't Fight this Feeling*, de REO Speedwagon, hurlaient dans les haut-parleurs.

Elle appelait le crocodile Kevin Cronin, c'est lui qui avait écrit cette chanson. «C'est notre chanson, Eri», disait-elle. Elle avait trouvé un petit crocodile en or, qui avait atterri dans le magasin parmi un héritage quelconque; elle l'avait mis au bout d'une chaîne en or pour que je le porte autour du cou.

Au début du mois de novembre, un soir, nous étions accrochés à Kevin Cronin, du côté du bassin où on avait pied, tandis qu'un client du RPDLM, un représentant en vins, faisait des sauts de l'ange là où c'était profond. Nicki faisait la folle, elle s'amusait à prendre dans sa bouche le crocodile que j'avais autour du cou, et j'ai finalement entamé la conversation à laquelle j'avais pensé toute la journée.

«Tu sais ce que j'aimerais te donner?

– Je sais ce que tu aimerais me donner.» Elle riait.

«Sois sérieuse… La semaine prochaine, c'est la remise des bagues.»

Au lycée de Seaville, nous avions nos bagues en novembre, comme ça nous avions plus de temps pour les porter avant que l'école se termine. Nous fêtions ça la veille de Thanksgiving, lors d'un bal. Certains élèves échangeaient leurs bagues à ce bal, qui était le plus grand événement de l'année de terminale au lycée de Seaville. C'était *le* moment de l'année.

«Tu sais ce que je ne porterai jamais? Une bague de terminale, a dit Nicki. Je n'en ai même pas commandé une. Je trouve ça débile de porter sa bague de lycée quand on n'est plus au lycée.

– Et porter la mienne, pendant que tu es encore au lycée?

– Oh, non, ça y est! a-t-elle dit.

– Ça y est quoi? ai-je dit, mais je savais qu'il ne fallait pas essayer de la faire marcher.

– Eri, qu'est-ce que tu veux? Aller au Bal de la bague?

– J'ai peut-être simplement envie que tu portes ma bague.

– Tu veux que j'aille à ce truc avec toi, c'est ça ?

– OK, ai-je dit. Mais pas vraiment y aller, juste faire un tour.

– Juste se saper et se mettre en rang deux par deux avec les crétins de l'Arche de Noé, et puis passer dans la grosse bague en plastique ! Et moi, qu'est-ce que je te donnerai ?

– Tu n'as pas à me donner quoi que ce soit. Je te donnerai ma bague.

– Jack y sera, à ce machin. Jack et Dill et tous les autres !

– Pas Jack, ai-je dit. Pas Jack à un bal s'il peut l'éviter !

– Oui, mais à part lui, tout le monde. Bêêê ! Bêêê ! Bêêêêê !

J'ai sauté sur elle et je lui ai mis la tête sur l'eau, et quand je l'ai laissée remonter, j'ai dit : « Tu viens avec moi ?

– *Pas du tout !* »* Elle a secoué la tête. « C'est français », a-t-elle dit, en mettant ses bras autour de mon cou, en approchant sa bouche de la mienne. « Et ça aussi. »

Un soir, au Royaume-près-de-la-mer, nous regardions des films de famille, ce qui était, ai-je

* En français dans le texte.

découvert, une passion du Capitaine. Il adorait visionner les images du passé dans l'obscurité du bar; il s'essuyait les yeux sans honte, en disant à Nicki des choses comme: «Tu te rappelles cet été-là, ma chérie? C'est l'été où on a eu Scatter, et ta maman était entrée en communication avec Oncle Dave à travers Scatter.

– Je n'ai jamais vraiment cru qu'elle entrait en communication avec Oncle Dave», a dit Nicki, et elle m'a dit en aparté: «Oncle Dave a été tué au Vietnam.»

«Oh, c'était pourtant bien Dave qui parlait à travers Scatter, a dit le Capitaine. Elle n'aurait pas pu inventer toute cette histoire. Tous les détails du combat au Vietnam. Ta maman n'y connaissait rien de rien à la guerre!»

Ils discutaient, et moi j'étais là, avec Scatter sur mes genoux. Il s'était pris d'affection pour moi, bien qu'il ne perde jamais une occasion pour sortir ses griffes et faire tomber du bureau, dans la chambre, le petit cheval blanc que j'avais donné à Nicki. Nicki l'avait surnommé High Horse. Il était sur le tapis plus souvent que sur le bureau, et Nicki disait: «Je crois que Scatter est jaloux de High Horse.»

Ce soir-là, nous étions tous en train de regarder

les films. J'ai vu le Capitaine quand il était beaucoup plus jeune, et la mère de Nicki, Annabel, qui paraissait beaucoup plus jeune que le Capitaine. Il y avait toutes sortes de photos d'eux au Royaume-près-de-la-mer du temps de sa splendeur.

C'était un beau couple. Je les ai regardés se donner à manger des tranches de pastèque à un pique-nique dans les dunes, puis se courir après dans les vagues et jouer au badminton, en short, dans la cour, deux jeunes gens bronzés, heureux, Annabel pas beaucoup plus vieille que Nicki et moi.

Enfin la petite Nicole a fait son apparition dans les images. Le Capitaine et Annabel, en train de la porter pour qu'elle puisse mettre un penny dans la fontaine. Les mêmes, avec elle entre eux deux, soudain ils la soulèvent et elle se balance au bout de leurs mains, ses petites jambes ne touchent plus terre, elle rit, avec ses cheveux dorés dans le soleil, le ciel bleu par-dessus, tout allait bien pour eux trois... et cela se voyait.

Je tenais la main de Nicki et nous regardions sa vie défiler dans le bar obscur, un autre soir sans clients, ou presque. Au comptoir, dans l'entrée, Toledo faisait des mots croisés, le Capitaine buvait des bières pression et empruntait des Merit à

Nicki. La fumée de leurs cigarettes s'enroulait au-dessus de nos têtes en un nuage bleu, cependant que Nicki grandissait sous mes yeux, et me disait : «J'adorais ce petit vélo ! Je ne me prenais pas pour n'importe quoi, là-dessus ! Je passais sur les rochers, et je faisais décoller les roues du sol comme si c'était un vélo tout terrain. Et tu te rappelles la fois où un pneu a éclaté, Papa ?

– Tu braillais comme si tu avais vu le père Fouettard ! a dit le Capitaine.

– Je ne savais pas ce qui s'était passé ! Il a éclaté, comme ça, au moment où je passais sur un trot-toir, tu vois !»

C'était une de ces soirées au Royaume-près-de-la-mer où les jeunes groupies du Capitaine ne se montraient pas, où le rock ne hurlait pas dans les haut-parleurs, où Nicki ne me racontait pas la vie de Van Halen, Billy Idol, Journey, Kiss, etc.

Et puis tout à coup, il y eut parmi nous un nou-veau visage, j'ai vu Nicki le regarder de séquence en séquence, et mon cœur a chaviré.

C'était Ski. Ski sur sa Kawasaki, et elle derrière lui, qui lui caresse les cheveux de ses longs doigts. Ski assis dans les dunes torse nu, un brin d'herbe entre les dents, qu'elle lui arrache pour mettre sa bouche contre la sienne. Et puis Ski la porte dans l'eau, elle lui donne des coups de pied, elle rit, le visage levé vers lui.

– Ah! mais voilà notre copain! a ri le Capitaine.

– Ce n'est plus mon copain», et Nicki a pressé ma main.

Mais j'étais anéanti; je les regardais; ses yeux plongeaient si amoureusement dans ceux de Ski, comme ils me regardaient moi, à me faire monter les larmes aux yeux; ses yeux parlaient tant... et là, sur l'écran, ils disaient la même chose, de la même manière, à Ski.

J'ai été pris de panique.

Je suis parti tôt. Je m'imaginais que Nicki ne savait même pas dans quel état j'étais, probablement me croyait quand je disais que j'avais à travailler pour l'interrogation d'anglais du lendemain.

J'ai marché longtemps sur la route, dans la froide nuit d'automne, avant de me mettre à faire sérieusement du stop.

En général, quand je revenais du RPDLM, je montais voir Pete. Il avait en fin de compte emménagé dans l'ancien logement de Madame Tompkins au-dessus du garage.

Madame Tompkins avait fait de son mieux. Mais à son premier dîner à la maison, Madame Tompkins avait servi Pete dans une assiette en plastique jaune, qui provenait du panier à pique-nique familial. Elle avait dit : «Ne vaudrait-il pas mieux que nous mettions à part la vaisselle de Pete ?»... Et après ça, Maman l'a trouvée en train de laver à la main les draps et les taies d'oreiller de Pete dans un seau rempli d'eau de Javel, au sous-sol, et elle portait des gants de caoutchouc. Elle avait dit peu importe la feuille d'instructions, elle pensait que les affaires de Pete ne devaient pas être lavées en machine avec celles des autres. Cela a continué, et quand Maman a dit que nous n'allions pas vivre comme ça, que nous avions pris toutes les précautions nécessaires et que nous n'en prendrions pas une de plus, Madame Tompkins a craqué et a avoué que sa famille voulait qu'elle s'en aille, vingt ans ou pas vingt ans chez nous ! Madame Tompkins était terrifiée, aussi.

«Elle l'a dit à sa fille, a dit Papa d'un air las, cette fois ça commence.

– Sa fille vit dans l'Ohio, a dit Maman, et Madame Tompkins s'en va vivre là-bas. Alors rien ne commence... Quelque chose se termine. Madame Tompkins était comme de la famille.»

Mais cela a lancé Papa dans un autre sermon à nous tous adressé, pour s'assurer que nous ne nous étions confiés à personne.

«En définitive, il faut maintenant inventer une explication à la présence de Pete, a dit Maman. Erick n'a même pas eu Jack à la maison depuis que Pete est là. Ni Dill!

– Ça n'a rien à voir avec Pete, ai-je dit. Jack et moi nous nous sommes disputés à propos d'autre chose.

– A propos de quoi? a voulu savoir Maman.

– Rien que des histoires de lycée, M'man.

– Qu'est-ce que tu vas dire à Dill? m'a demandé Papa.

– Rien, ai-je dit. Dill est trop occupée avec la préparation des examens, les histoires d'annuaire et tout le reste, elle ne sait même pas que Pete est ici.»

Je n'ai rien ajouté. Il y avait de nombreuses raisons qui faisaient que je ne voulais pas les renseigner sur ma vie à ce moment-là. Je ne voulais pas admettre que j'avais piqué la petite amie de Jack. Je ne voulais pas que Maman m'embête sur le thème quand ferait-elle la connaissance de Nicki, sachant les sentiments de Nicki au sujet du cirque familial. Mais surtout, je n'aurais pas pu supporter de dire à Pete que toute une nouvelle partie de ma vie avait commencé, juste au moment où la sienne commençait à prendre fin.

Bien que Pete ait souvent dit dans la conversation, en passant, qu'il allait mourir, Papa, Maman et moi nous faisions comme si nous ne l'avions pas entendu. Maman changeait toujours de sujet, très vite.

Mais aucun de nous ne pouvait nier ce qu'il voyait de ses propres yeux. Pete perdait ses cheveux à cause de la chimiothérapie. Il avait des cernes noirs sous les yeux. Parfois, il s'endormait des après-midi entières, tellement il était faible. Le sarcome de Kaposi faisait de vilaines taches violettes à certains endroits de son corps.

Quand je suis monté à son appartement, Pete était sous la douche. Il a crié qu'il n'en avait pas pour longtemps. Pete devenait de plus en plus un oiseau de nuit, se levant quand nous avions fini de dîner, se couchant quand nous nous levions.

Il y avait une nouvelle inachevée sur son bureau, et j'ai crié pour lui demander s'il verrait un inconvénient à ce que j'y jette un œil.

« Si ça peut te faire plaisir ! Mais ce n'est pas vraiment relu ! »

Ça s'appelait *Le doux parfum des adieux*.

Ça parlait d'un monde où il n'y avait pas d'odeurs, sauf un parfum exquis qui émanait des mourants un an avant que leur heure soit arrivée.

C'était la seule odeur en ce monde, cette incroyable et séduisante odeur... Pete n'était pas allé plus loin que ça, mais ça m'a cogné droit entre les deux yeux. Pete est sorti de la salle de bains une serviette autour des reins, squelettique, les lésions pourpres visibles sur les bras et les jambes.

« Jusqu'ici, j'aime l'histoire », ai-je réussi à articuler, et je me suis dit en moi-même que je n'allais pas craquer, que je n'allais pas infliger ça à Pete.

« A quelque chose malheur est bon, a dit Pete. J'ai l'impression que je ne peux pas m'en sortir, avec mes Skids, ni écrire autre chose que des nouvelles.

– Mais est-ce que les gens ne passeraient pas leur temps à s'entre-tuer pour pouvoir respirer ce parfum ?

– Il n'y a pas de meurtres, dans ce monde-là, a dit Pete. Pas de maladie. La mort est envisagée comme le grand changement, et elle survient au hasard. Mais un an avant la mort il y a ce parfum, le seul qui existe. Je suis encore en train d'y travailler. » Pete a enfilé un caleçon, et un vieux pantalon de velours. « Tu rentres de bonne heure. Comment va Dill ?

– Toujours la même », ai-je dit.

Tandis que Pete se mettait à parler des projets

de Maman pour Thanksgiving, je pensais à ce que cela avait dû être pour lui quand il avait mon âge et qu'il ne pouvait parler de rien. J'étais en train d'en avoir un petit aperçu, vivant comme je le faisais dans mon petit monde privé, réprimant toute envie de parler de Nicki, ou de la rupture entre Dill et moi, ou de Jack…

Je me sentais vraiment loin des autres, à tel point que cela m'a pris un moment pour entendre ce que Pete était en train de me dire. Maman préparait une fête pour Pete, le jour de Thanksgiving, une surprise.

«Si c'est une surprise, comment tu le sais? ai-je dit.

– Jim sait que je n'aime pas les surprises. Il m'en a parlé pour que je puisse arrêter tout si j'en avais envie. J'en ai envie, mais je ne peux pas.» Il a passé une chemise. «Elle a invité Jim, Marty, et Shawn, son amoureux, et aussi Stan et Tina Horton.

– Tu veux que je lui en parle?

– Non. Qu'est-ce que tu dirais? Elle fait ce qu'elle peut, Jim fait ce qu'il peut. Tout le monde fait ce qu'il peut. Qu'est-ce que tu veux que je fasse contre ça?… Hier soir, elle a dit qu'elle réalisait à quel point ça devait être dur pour moi d'être séparé de Jim. Ce n'est pas dur à ce point-là. C'est presque un soulagement, mais elle ne comprendrait pas.

– Tu vois (je commençais à parler comme Nicki), en fait, on ne sait pas ce que tu éprouves pour lui, s'il te manque, ce genre de conneries.

– C'est un ami, a dit Pete. Je n'éprouve pas vis-à-vis de lui ce genre de sentiment, Ricky. Je crois que Jim finit par se persuader qu'il éprouve ça pour moi. Il ne veut pas m'abandonner maintenant. Si je n'avais pas eu le sida, nous aurions été simplement de bons copains après le voyage en Europe.

– Mais peut-être il a un vrai sentiment pour toi, ai-je dit. Et si tu te trompais quand tu dis qu'il se force à rester avec toi parce que tu as le sida?»
Je n'avais pas oublié la façon dont Jim Stanley disait «nous» dans la conversation, comment il avait insisté pour faire le lait de poule, la manière qu'il avait de toucher Pete, dans le salon, et comment il avait dit ANPN... Avec Notre Pete National... Je crois que j'en voulais un peu à Pete, et je sais que j'ai repensé à Papa, quand il disait: «Pete ne finit jamais ce qu'il a entrepris.»

Pete est venu s'asseoir près de moi sur le canapé. «Tu sais à quel point ça t'embête de ne pas pouvoir dire je t'aime, Ricky?

– Oui.» J'aurais donné cher pour pouvoir lui dire que tout ça, c'était fini, et le reste. Mais je ne me voyais toujours pas lui faire perdre son temps avec l'histoire du petit frère en proie aux affres de la première passion, alors qu'il essayait de ne pas vomir après sa chimiothérapie hebdomadaire, qu'il rédigeait son testament, qu'il assurait le week-end une permanence téléphonique sur le sida, écoutant une histoire horrible après l'autre.

«Cela m'embêtait qu'on ne puisse pas prononcer ces mots-là autrement, a dit Pete. Je les prononçais, et aussitôt le sentiment s'envolait. Je crois que cela me terrifiait de me lier avec quelqu'un. J'imagine que c'était parce que si cela avait duré, j'aurais dû faire face à un tas de complications que je ne voulais pas affronter. On m'aurait vu tout le temps avec le même type. Comment expliquer ça à la famille, aux amis hétéros, aux gens de Seaville ?»

L'Art Ensemble jouait doucement en fond sonore, c'était une nouvelle cassette, envoyée par Jim.

Pete a dit: «Même il y a encore quelques minutes, je ne pouvais pas dire: *Je ne suis pas amoureux de Jim.* Il fallait que je dise: *Je n'éprouve pas ce genre de sentiment.* J'ai toujours eu un problème à être ouvertement gay, ou à parler avec des hétéros de mes sentiments gay.»

Pete s'est renversé contre les coussins. «C'est probablement pour ça que je n'ai pas pu m'habituer à être avec juste une seule personne, a-t-il dit. Je ne pouvais pas assumer tout ça. Je ne suis pas en train de dire que j'ai délibérément saboté toutes les lisaisons que j'ai pu avoir, mais je pense que tout cela entrait pour beaucoup en ligne de compte… Alors je ne suis jamais resté très long-temps avec personne.

– C'est vraiment dommage, non? ai-je dit.

Pete a secoué la tête.

«Je n'ai jamais pensé ça. Je n'ai jamais vraiment beaucoup pensé à ça. Je me disais simplement que j'étais jeune, que j'avais du succès. Plus on est de fous plus on rit.

– Alors ce n'est pas dommage, ai-je dit, si tu était heureux.

– Maintenant je pense à des tas de choses aux-quelles je n'avais jamais pensé avant. Mais je ne regarde pas en arrière en me disant que j'aurais dû faire ci et pas ça, pas plus que n'importe qui, pro-bablement, qui va mourir. On ne meurt pas à mon âge sans regrets, ou sans penser comment on aurait pu agir différemment.»

Je n'ai pas pu réprimer un long soupir, et Pete s'est penché pour me serrer le genou.

«Ça va, tu sais, a-t-il dit. On peut parler de ma mort.

– Peut-être tu peux, ai-je dit, et ma voix s'est brisée.

– J'espère que nous deux on peut parler de tout, Ricky.

– D'accord, ai-je dit, mais maintenant je vais te laisser finir cette histoire», et je me suis levé pour partir. J'étais trop près d'éclater en sanglots. On m'abandonne, j'ai perdu Jack, ne meurs pas, j'ai besoin de toi, trop près de me mettre les mains sur les yeux et de pleurnicher.

Pete a dit : «Tu sais, Maman s'inquiète que tu sois tellement à la hauteur.

– Maman pense aussi que tu vas apprécier sa surprise de Thanksgiving», ai-je dit.

Pete a ri. «Je vais essayer de ne pas la décevoir.»

Une fois revenu dans ma chambre, Nicki a appelé.

«Oui, a-t-elle dit.

– Comment ça, *oui* ?

– Oui, j'irai à ton bal débile. Je sais même ce que je vais mettre.

– Comment ça se fait que tu aies changé d'avis ?

– Comment ça se fait que tu m'aies donné un baiser de rien du tout quand tu es parti, ce soir ? Tu as fichu le camp à cause de tous les films avec Ski et moi… Tu veux savoir ce que je vais mettre, Eri ? Tu vois ces chiens blancs, avec les taches noires ?

– Les dalmatiens ?

– J'ai des collants dalmatiens tout neufs, que quelqu'un a laissés à la boutique aujourd'hui. C'est ça que je vais mettre.

– J'ai là une bague que tu vas mettre.

– J'aurais préféré l'avoir sans être obligée d'aller au marché aux bestiaux. Ça ne me dit rien d'être une vache, tu vois, ni un mouton. »

J'ai fait mon imitation de Martin Short. « Ce sera sûrement un plaisir. Parce que, vraiment, c'est tout à fait décent, cette tradition, je dois le dire. Je deviens fou rien que d'y penser, et je suis perdu comme tout si tu dis non, aucun doute à cela. Te sortir dans une occasion aussi décente, de l'air, je me pâme !

– ZZZZZZ », a-t-elle dit.

Chapitre 17

La veille de Thanksgiving, Pete a dit : « Pas la peine
d'essayer, pour la voiture de Papa. Tu seras en
retard. Prends la Saab de Jim. »

On entendait Papa et Maman qui se disputaient,
en bas, dans la cuisine.

« Je me fiche pas mal qu'ils ne viennent pas !
disait Maman.

– C'est ma famille ! hurlait Papa.

– Et Pete, c'est qui ? criait Maman.

– Ils se battent à propos de quoi ? ai-je demandé
à Pete.

– Tu veux dire, cette fois ? a soupiré Pete. Papa
a dit finalement à Grand-père que j'avais le sida,
et Grand-père dit qu'ils ne viendront pas à Noël.

– Tant mieux ! ai-je dit. On aura enfin un Noël
où Grand-père n'embêtera pas Papa à tout bout
de champ ! »

Pete n'a pas répondu. Il se dépêchait de faire le
ménage dans sa chambre, pour Jim, qui devait

arriver plus tard dans la soirée. Marty et Shawn couchaient à l'hôtel. Stan et Tina Horton venaient de New York pour le repas de Thanksgiving et repartaient le jour même.

Je savais combien Pete était déprimé. J'ai essayé de partir sur une note légère, j'ai essayé de faire une blague sur la bataille qui se déroulait sous nos pieds. «Ça me gêne d'emprunter la Saab de Jim, ai-je dit, mais je vais faire un effort, ça m'ennuierait d'interrompre un tête-à-tête aussi délicieux.»

Pete a dit seulement, en me lançant les clefs: «Moi aussi ça me gêne d'utiliser la voiture de Jim, mais il serait d'accord pour que tu la prennes, Ricky.»

J'ai attrapé les clefs, j'ai fait un signe à Pete, j'ai dévalé l'escalier, direction le garage, et je suis sorti par la porte qui donnait sur l'allée où était garée la Saab.

Je pensais à d'autres soirées où j'étais allé à une fête du lycée; j'attendais toujours que Jack klaxonne; nous étions toujours quatre pour ce genre de choses, et en allant chercher nos copines, et après les avoir reconduites, on parlait.

Parfois, quand j'étais au lit avec Nicki, je ressentais cette étrange nostalgie, du temps où Jack disait des trucs comme: «Quand ça arrive, ça veut dire que la fille est excitée, d'accord? Alors comment fait-elle, si on s'arrête en plein milieu?»

Maintenant que j'avais les réponses, Jack n'était plus là avec les questions. Il n'y avait plus personne nulle part avec des questions: rien que Nicki et moi dans notre cocon.

J'ai croisé le révérend Honfleur qui remontait doucement la rue au volant de sa vieille Chevy, dont tous les paroissiens, y compris Papa, se plaignaient qu'elle donne de Saint-Luc une piètre image; il venait faire un backgammon avec Pete.

Les visites de Ronfleur étaient un sujet de friction avec Papa.

Une fois, Papa a dit que c'était une sacrée idée que Maman avait eue; il avait fallu qu'elle raconte tout à Ronfleur, ça c'était elle tout craché!

«C'est moi qui l'ai dit à Ronfleur! a dit Pete.

– N'essaie pas de couvrir ta mère! a insisté Papa.

– Si c'était Maman qui l'avait dit à Ronfleur, pourquoi est-ce que cela aurait été elle tout craché? ai-je voulu savoir.

– Ça lui ressemble bien de mêler la collectivité à nos histoires! a dit Papa. Et ça lui ressemble bien de vous laisser mentir pour elle, Pete et toi!»

Il était impossible de convaincre Papa qu'elle n'avait pas menti, alors j'ai juste laissé tomber:

«Nous sommes tous un peu fallacieux depuis quelque temps, non?» (J'avais lu *La chatte sur un toit brûlant* en cours d'anglais. J'avais tiré «fallacieux» des discours de Big Daddy dans la pièce. J'aimais ce mot, il sonnait bien.)

J'ai dit que le mensonge était notre mode de vie, depuis quelque temps.

Papa m'a donné une claque. La première de ma vie.

J'essayais de retenir mes larmes, et Maman s'est précipitée pour me prendre dans ses bras.

«On est en pleine crise, ici! a crié Papa. Lui, je ne veux pas l'entendre!»

Maman a dit: «Arthur, tu n'as jamais eu le sens de l'humour, jamais!

– Encore une de mes tares! a dit Papa. Je l'ajouterai à ta liste de compliments, avec le reste: mes parents sont des petits-bourgeois ignares, et si je suis au Hadefield Club, c'est uniquement parce que *tes* parents m'y ont fait entrer!»

Le tissu familial commençait à se découdre.

Aussi ai-je été content quand j'ai vu Nicki debout près du comptoir au Royaume-près-de-la-mer, en train de blaguer avec Toledo, et de faire rouler sa cigarette entre ses dents.

Elle portait les collants dalmatiens avec des

chaussures noires à talon haut, une espèce de robe noire serrée à la taille, avec des perles, des croix, des chaînes, sa boucle d'oreille en forme de crucifix, et des mitaines en dentelle noire. Elle avait à la cheville le bracelet en strass et, jeté sur ses épaules nues, le blouson avec l'accident dans le dos.

Elle avait un nœud blanc et noir dans les cheveux, assorti aux collants, et des faux-cils superlongs. Et Premier. Ce parfum qui m'était devenu familier, synonyme d'elle.

J'ai attendu qu'on soit dans la Saab pour lui dire ce que j'appréhendais de lui dire. En septembre, quand les terminales avaient commandé leurs bagues, j'avais commandé la mienne à la taille du doigt de Dill, avec ses initiales et les miennes gravées à l'intérieur.

Nicki était assise près de moi, une main sous ma cuisse ; la radio jouait le dernier Julian Lennon, et j'ai dit la vérité.

Elle a réagi comme toujours quand je lui disais quelque chose d'important, complètement à l'opposé de ce que j'attendais. Elle a applaudi des deux mains, elle a dit qu'elle adorait cette idée, qu'elle avait tellement hâte de pouvoir mettre la bague !

« C'est infernal, tu ne pouvais rien me donner

de plus merveilleux, Eri ! Si seulement je pouvais porter à l'extérieur ce qu'il y a à l'intérieur ! »

Nous avons garé la Saab, nous nous sommes dirigés vers le gymnase, et Nicki a jeté sa Merit pour me prendre le bras avec détermination. « Nous voici sur la passerelle d'embarquement. Fais gaffe aux requins, Eri ! »

La première chose à faire, si on devait donner une bague pendant le bal, c'était de s'inscrire pour avoir sa place dans le cortège.

D'un pas nonchalant, Nicki est allée dans les toilettes pour filles se redonner un coup de peigne, tandis que je m'approchais de l'accueil pour prendre notre numéro.

C'est là que je me suis retrouvé face à face avec Dill. Elle était assise derrière la table avec d'autres terminales.

Elle s'était laissé pousser les cheveux. Elle était en blanc. Elle a levé les yeux vers moi.

« Salut, Dill. »

Elle a dit : « Oh, tu seras dans le cortège ? »

J'ai acquiescé. « Et toi ?

– J'aurais du mal. »

Il y avait des lumières bleu et argent qui nous dansaient sur la figure. Les haut-parleurs diffusaient le vieux tube de Wham ! *Careless Whisper*.

Parental Guidance, l'orchestre qui devait jouer pour le bal, commençait seulement à monter sur la scène.

«J'aime bien comme tu es coiffée, ai-je dit à Dill.

– Alors je serai toujours coiffée comme ça, a-t-elle répondu, sarcastique.

– Dill», ai-je dit. Je ne sais pas ce que j'aurais ajouté si elle m'avait laissé finir.

«Tu es numéro neuf, a-t-elle dit, après Todd Greenwald et Mildred Gregory.» De la glace aurait pu se former autour de ses mots.

Elle a commencé à remplir le ticket.

Un type de l'orchestre s'est mis à accorder sa guitare, tandis que les haut-parleurs s'arrêtaient et que les autres membres de Parental Guidance gagnaient leur place.

Le guitariste s'échauffait avec une vieille chanson des Beatles.

Je n'aurais pas dû dire : «Eh, peut-être que Gustavo Quintero va se montrer, après tout ce temps.

– Arrête», a dit Dill, sèchement.

J'ai encore cherché quelque chose du genre : on reste amis, je suis désolé, mais je butais contre mon propre effort de sincérité, intérieurement je me moquais, comme je savais que Dill se moquerait si jamais j'arrivais à sortir les mots. Au même moment, j'ai eu l'attention détournée par une vision en noir et blanc. J'ai regardé par-dessus mon épaule, mais Nicki avait déjà disparu dans la foule.

Quand je suis revenu à Dill, elle avait son petit sourire en biais. «Elle est là-bas, du côté de Roman», a dit Dill.

J'ai essayé de sourire, de hausser les épaules. «A t'entendre, on dirait un moustique.

– Plutôt une mouche, a dit Dill, froidement. Les moustiques, c'est léger, c'est presque gracieux. Les mouches, ça sautille. D'une personne à l'autre.

– Bon, Dill, ai-je dit, au moins tu n'as pas perdu ta langue.

– Je n'ai rien perdu, Rudd, a dit Dill. Tu as le numéro neuf.» Elle m'a tendu le billet.

Je l'ai pris et j'ai traversé la piste de danse pour rejoindre Nicki. Roman Knight, dans un grand manteau noir, une canne noire à la main, avec une boucle d'oreille en forme de tête de mort, était en train d'aboyer aux jambes de Nicki.

Je suis venu à son secours. Nous avons été le premier couple sur la piste, quand les Parental Guidance ont commencé à jouer.

«Tu vois, ce porc ne m'aime pas, a dit Nicki. M'aboyer dessus! C'est quoi son problème?

« – Tu t'es fait des pattes de chien, ai-je dit. Quand tu as mis les collants, tu ne savais pas qu'il y en aurait un qui aboierait en les voyant?

– C'est plus que ça, a-t-elle insisté. C'est lui. Ce n'est pas ça.

– Mais si, c'est ça! ai-je dit fermement. Continue à danser.»

Nous avons dansé. Elle dansait fantastiquement bien. Elle faisait sur la musique des choses que je n'avais jamais vu faire à personne.

Quand la piste a été noire de monde, après plusieurs chansons, elle a dit qu'elle voulait aller à la voiture se faire un «joint de nicotine».

Nous sommes restés un moment après qu'elle eut fumé, et nous nous sommes caressés. Je n'aurais jamais pensé qu'un jour je choisirais un bal dans le gymnase d'un lycée pour faire ça, mais c'était ainsi. J'avais hâte de retourner sur les lieux de l'action, d'y participer de nouveau, d'y emmener Nicki.

«On s'en va! a-t-elle dit soudain. Tu veux rester?

– Aller où?

– On rentre au Royaume-près-de-la-mer.

– Pourquoi?

– Parce qu'ils sont en plein boum, Eri. Je déteste

rester jusqu'à la fin… Et puis on est neuvièmes dans le cortège!»

Je l'ai regardée.

«Et alors?

– Dill l'a fait exprès. Neuf est un chiffre magique qui porte malheur!»

Dill s'y connaissait moins en chiffres magiques que Nicki en partouzes. «Dill n'a rien fait du tout, ai-je dit. Le neuf, c'est le chiffre qui est sorti. Qu'est-ce qu'il a, le neuf? Non, ne me dis pas.

– Qu'est-ce qu'il a, le neuf?

– Ne me dis pas, ai-je répété. Je ne veux pas savoir ce qu'il a, le neuf.

– Il y avait neuf rivières en enfer, a dit Nicki, et l'hydre avait neuf têtes.»

Je pensais au jour où, dans la Mustang de Jack, quand il avait dit: «Aide-moi à comprendre cette fille!» je lui avais sorti une blague en guise de réponse.

«Je suis sérieuse, Eri. J'entendais ma mère prévenir les gens, pour le neuf. Ceux qui sont possédés doivent jeter des haricots noirs par-dessus leur épaule, et dire *Arrière!* neuf fois. Neuf, notre chat, il est possédé.»

C'est à ce moment-là que la canne de Roman Knight a tapé contre la vitre arrière, et que nous l'avons entendu aboyer. Que nous avons entendu d'autres types rire et aboyer.

J'ai pensé que ça y était. Que c'était la goutte d'eau. Et je suis allé pêcher les clés dans la poche de mon pantalon. Elles n'étaient plus qu'à un centimètre de l'allumage quand Nicki a dit : « Il croit qu'il va me faire peur et que je vais partir ? Je ne pars plus !

– Et le neuf ? ai-je dit. Et les rivières, et ton chat possédé ?

– Ne te moque pas de moi, Eri. S'il te plaît. (Puis elle a dit :) Est-ce que Dill sait qu'il y a ses initiales à l'intérieur de la bague que tu me donnes ?

– Non.

– J'aurais préféré qu'elle le sache.

– Je sais, ai-je dit. Ça, je sais.

– Il faut que je retourne aux toilettes pour me remaquiller, a-t-elle dit. J'ai failli pleurer, mais maintenant ça va. »

En sortant de la voiture, nous avons entendu Roman Knight qui criait le nom de Nicki de derrière une rangée de voitures. « Nicki-ki ? Ouaf, ouaf ! »

« Qu'est-ce que je lui fais ? a-t-elle dit.

– Tu aboies. »

A ma grande surprise, elle a ri, et s'est pendue à

231

mon cou. «Je t'aime parce que tu es drôle. J'aime bien rire. Jack n'était pas drôle. Même Ski n'était pas drôle. Je suis drôle?

– Tu es drôle. Mais tu n'es pas une petite marrante.

– Tu m'aimes quand même?

– Je t'aime, Nicki, mais tu n'es pas commode.

– Commode, tu as connu ça, et tu t'ennuyais. Quand on passe dans la bague en plastique, on s'embrasse?

– D'abord je te donne la bague.

– Le baiser d'abord, a-t-elle dit. Je ne peux pas supporter de faire comme les autres.

– Ne t'inquiète pas pour ça», lui ai-je dit.

Le cortège commençait à se former quand elle s'est glissée dans les toilettes pour filles, et je suis allé chez les garçons, en face.

Il n'y avait personne, sauf Jack et moi.

C'était la première fois que nous nous retrouvions en tête-à-tête depuis le soir où il s'était assis sur la peinture fraîche, dans la cuisine. Aussi longtemps que ça.

Il n'a pas dit bonjour ou comment ça va. Je ne m'attendais pas à ce qu'il le fasse. Il a marmonné quelque chose que je n'ai pas entendu, et je ne lui ai pas demandé ce que c'était. Il n'était pas habillé pour le bal. Il avait un vieux jean 501 et un pull, avec un blouson d'aviateur par-dessus, ses cheveux blonds étaient plus longs, il les avait dans les yeux.

«Est-ce qu'elle a dit qu'elle voulait s'en aller? m'a-t-il demandé. Ça ne va pas tarder.»

Je n'ai rien dit. Je suis allé à l'urinoir et je me suis déboutonné.

Il parlait dans mon dos: «Je me demandais si tu te montrerais, ce soir.

– Je ne pensais pas que tu le ferais, ai-je dit.

– J'ai amené Dill. Elle n'avait personne.»

Je n'ai pas pipé.

«Je n'avais personne non plus, a-t-il dit.

– Mais tu n'aimes pas danser.

– J'aime ça. C'est que je n'ai jamais appris. Je n'ai jamais eu un très bon jeu de jambes, pas comme toi.

– Tu te débrouilles pas mal sur le terrain de foot, ai-je dit.

– C'est bien le seul endroit, a dit Jack, et je n'ai jamais appris à prendre les gens en traître. Pas comme toi.»

J'ai boutonné ma braguette, je me suis retourné, et j'ai dit: «Jack, je n'ai pas fait exprès. Il faut que tu me croies.

– Je te crois, a-t-il dit. Je sais comment elle est.

– Ce n'est pas non plus de sa faute.

– Elle a toujours pensé que tu ne l'aimais pas. Ça la tracassait.

– Mais c'est vrai, je ne l'aimais pas.

– Elle disait : *Jack. Erick ne m'aime pas. Qu'est-ce que je fais ?* Moi je disais : *Mais si, il t'aime bien.*

– Non. Au début, je ne l'aimais pas.

– Je disais : *Pourquoi est-ce qu'il ne t'aimerait pas, Nicki ? Qu'est-ce qu'il y a qu'il n'aimerait pas ?*

– Je te jure, Jack, je n'ai pas pu m'en empêcher. C'est un truc qu'on ne pouvait pas empêcher !

– Je sais, mon vieux, a-t-il dit doucement.

– Oui, vraiment ?»

Il a secoué la tête pour dire oui. Il me souriait comme avant.

«Ça aussi, c'est un truc qu'on ne peut pas empêcher», a-t-il dit.

Puis, ce dont je me souviens, c'est que j'étais par terre.

Chapitre 18

Nous roulions très lentement dans la neige fondue quand elle a dit : «Eri, est-ce qu'il y aura moyen que tu passes la nuit avec moi ?

– Ça m'étonnerait, ai-je dit. On a du monde qui vient pour Thanksgiving, et je crois que j'ai le nez cassé.

– Tu vois, c'est pour ça que je veux être toute la nuit avec toi. C'est le moins que je puisse faire.

– Comment ça, c'est le moins que tu puisses faire ? ai-je dit. On dirait une B.A.

– Ah oui ? Regarde-toi !

– Et pas quelque chose dont tu as envie.

– Bien sûr que j'en ai envie ! On ne l'a jamais fait.

– Je n'ai jamais parlé de toi à personne. Je ne peux pas dire à ma mère que je passe la nuit chez Dill. Elle ne le croirait jamais.

– Elle croit que ça continue ?

– Evidemment qu'elle croit que ça continue. Je ne lui ai pas dit le contraire.

– Tu ne peux pas l'appeler et lui dire que tu t'es battu, que tu ne veux pas te montrer aux invités dans cet état? Tu ne peux pas dire que tu dors chez un copain?

– Jack est le seul copain chez qui j'aurais pu dormir, et je n'ai jamais dormi chez Jack.

– Je comprends pourquoi. Excuse-moi. Je suis désolée de rire. Ça te fait très mal?

– Très mal, ai-je dit.»

Elle était assise si près, elle n'avait qu'à se redresser pour toucher l'œuf que j'avais derrière le crâne.

«Arrête, ai-je dit. Ça fait vraiment mal. Et il faut que je me concentre sur la route. Je n'y vois rien. J'ai l'œil droit qui se ferme.

– On est à deux carrefours de chez moi, a-t-elle dit. Je vais regarder… Comment ça se fait, que tu n'aies parlé de moi à personne?

– Tu ne connais pas ma famille. Ils voudraient te rencontrer. Si tu trouves que la famille de Jack t'a regardée de haut, qu'est-ce que tu dirais de la mienne.»

Elle a allumé une Merit, a soufflé un jet de fumée, et a dit: «Ils ne se demandent même pas pourquoi Jack et toi n'êtes plus amis ?

– Ils ne savent rien de ce qui est arrivé dans ma vie ces derniers temps.

– Papa sait toujours ce qui se passe dans la mienne, a-t-elle dit, mais c'est comme s'il était en état de choc depuis que ma mère est morte. Il essaie de rattraper sa jeunesse avec toutes ces gamines qui traînent dans le bar.

– Elles sont plus vieilles que toi, ai-je dit.

– Non. En âge seulement. Papa les appelle les Moucheronnes. Elles sont bien pour les affaires, mais elles l'énervent. Il adorait ma mère, tu vois. Vraiment. Si un jour j'aimais quelqu'un à ce point-là, je prendrais des somnifères et je marcherais droit dans la mer.

– Nicki, ai-je dit, je me suis presque cassé la colonne vertébrale pour toi. Je n'ai pas envie d'entendre que tu prendrais des somnifères et que tu marcherais droit dans la mer si tu aimais quelqu'un à ce point-là.

– Mais tu vois bien ce que je veux dire, Eri. Je parle des passions infernales, sans issue. Ça m'attire, et en même temps ça me fait peur. Ça vous anéantit.

– Une lèvre éclatée et une côte fêlée, ça fait le même effet ! Nom de Dieu ! Qu'est-ce qui te prend,

237

tout d'un coup! Ce qui m'est arrivé, c'est à cause d'un petit flirt de rien qu'on a ensemble?

– Non, a-t-elle dit.

– Alors qu'est-ce que tu racontes?

– C'est juste pour parler», a-t-elle dit. Elle a très vite changé de sujet. Elle a dit: «En tout cas, ça n'a pas arrêté ce cortège débile, hein? Aucune bagarre ne pourrait les empêcher de se mettre en rangs, avec leurs petites bagues de lycée dans leurs petites mains moites!

– Qui te dit qu'ils avaient les mains moites?

– Oh, ils étaient tout excités et nerveux à cause du cortège, alors c'est évident qu'ils avaient les mains moites; ils ont sûrement mouillé leurs caleçons, aussi… Je ne disais rien parce que je sais que ça te tenait à cœur, mais j'aurais autant aimé aller en procession à la décharge publique. Jack nous a rendu service.

– Si on peut dire.»

Nicki avait sa main sur mon genou, avec ma bague.

«Tu sais ce que j'ai dit à Jack? a-t-elle dit. Voilà le tournant, à droite, Eri.

– J'ai vu.» J'ai tourné, et j'ai senti la douleur dans mon épaule gauche. «Qu'est-ce que tu as dit à Jack? Je ne savais pas que vous aviez parlé.

– Je lui ai crié après. *Celui qui a fait ça à mon meilleur ami est un porc!*... Roman Knight a dit: *Je croyais que c'était moi, le porc!*

– Et moi, ce que moi j'ai fait à Jack?

– Tu n'es pas responsable, a-t-elle dit. J'ai eu l'œil sur toi dès le premier jour où je t'ai vu. Le soir où nous sommes allés chez Dunn. Il y a long-temps.

– Ce n'est pas vrai.

– Si, Eri. Seulement je croyais que tu ne m'ai-mais pas, et que je ne pourrais jamais t'arracher à ton pot de colle.»

J'ai soupiré. «Arrête de raconter n'importe quoi. Tu m'as dit toi-même que tu n'avais pas fait attention à moi avant le jour où on a parlé, chez Pete.

– C'est ce que je t'ai dit, a-t-elle dit, mais ce n'est pas exactement comme ça que ça s'est passé. Pourquoi est-ce que j'aurais organisé tout ce week-end à New York?

– Pour voir Bruce Springsteen.

– Non. Bien avant, je savais. Je l'ai su au stade, le jour où je me suis présentée aux pom-pom girls. Tu étais une gageure pour moi, parce que je savais que tu ne m'aimais pas.

– Nicki, je me sens suffisamment mal comme

239

ça, ai-je dit. Je crois que mon nez est cassé. J'ai peut-être une fracture du crâne. Ne me raconte pas que tu avais un plan machiavélique pour m'éloigner de Dill dès le début du mois de septembre.

– C'est comment, un plan machiavélique ?

– Ça se caractérise par l'habileté et la fourberie, ai-je dit.

– C'est tout à fait ça ! » Elle riait, tandis que nous franchissions le pont-levis. « Comment tu l'écris ? il faut que je m'en souvienne. »

Quand nous sommes descendus de la Saab, j'ai dit : « D'où elles viennent, toutes ces voitures ?

– Tu veux dire ces six voitures ? Pendant les vacances, on a toujours quelques invités. Je me rappelle les Thanksgiving où on était complets... Tu auras de la dinde, demain ?

– Si on m'en passe un morceau à la moulinette, je pourrai peut-être l'avaler », ai-je dit.

Elle a ri et m'a pris la main. « En tout cas, il est encore tôt. Il n'est même pas minuit, on peut aller à Un rêve dans un rêve, tu verras, je te ferai du bien.

– Promesses, promesses.

– On parie ? a-t-elle dit, comme nous nous dirigions vers l'entrée du Royaume-près-de-la-mer. Nous aussi, on aura de la dinde demain, si le cuisinier est à jeun. C'est un nouveau, il ressemble à Ozzy Osborne.»

Elle est partie dans une histoire sur Ozzy Osborne allant s'inscrire dans la clinique Betty Ford pour se désintoxiquer, drogue et alcool. Elle avait lu une interview dans *Circus Magazine*.

Quand nous sommes entrés, Toledo était passé de l'autre côté du comptoir, et il toisait un petit type avec des lunettes et des cheveux noirs bouclés.

«... c'est là que j'ai appris qu'Ozzy était marié», disait Nicki.

Le petit type était en train de demander à Toledo si c'était une habitude de la maison d'écouter les conversations.

Nicki m'a chuchoté: «Non seulement c'est l'habitude, mais c'est la seule distraction de Toledo. Papa dit qu'il a des radars dans les oreilles.»

«Nicki? a dit Toledo. Tiens le comptoir une minute, tu veux?

– Je l'emporte là-haut? a-t-elle dit. On monte, Toledo.

– Tu peux bien attendre une minute que le Capitaine revienne. Ces messieurs s'en vont.»

Puis Toledo a dit: «Vous pouvez attendre dans votre voiture», et le petit type est devenu tout rouge, en fixant Toledo, mais il battait déjà en retraite.

«Dehors, dans la voiture», a dit Toledo, et il l'a refoulé jusqu'à la porte.

Nicki était debout à côté du comptoir, dans son blouson avec l'accident dans le dos. Elle a écrasé une cigarette dans le cendrier.

Toledo est sorti avec le type.

Nicki a dit simplement: «On se prend des Coca au bar, Eri?» comme si ce genre d'incident était monnaie courante.

Alors j'ai secoué la tête et j'ai dit que je préférais des glaçons, pour me faire une poche de glace.

Nicki s'est approchée pour jouer avec le petit crocodile que j'avais autour du cou; elle m'a regardé dans les yeux, et a dit: «La glace, elle va fondre, c'est tout, tu sais, Eri?» Et la façon dont elle me regardait, la façon dont elle disait ça prouvait qu'elle pouvait me faire beaucoup de bien.

J'entendais *Loverboy*, de Billy Ocean, dans le bar.

Nicki me souriait. Je pensais combien j'aimerais passer toute la nuit là-haut, à Un rêve dans un rêve.

Puis Toledo est rentré d'un pas lourd, il est venu vers nous en s'essuyant la bouche du revers de la main, puis de la paume, avec dégoût, comme pour se débarrasser d'un truc gras et tenace.

Toledo a dit : « Ces deux mecs-là, ils ont rempli leur fiche, ils sont allés au bar, et ils ont discuté, ils doivent aller demain chez des gens où il y a un mec qui a le sida. Le bigleux – du pouce, il a indiqué la porte derrière lui – ne veut pas y aller. Son copain lui a dit de rester ici, qu'il reviendrait le chercher après le déjeuner. »

Nicki manifestait son désintérêt quand j'ai entendu l'accent familier de l'Oklahoma, et j'ai vu le Capitaine s'engager dans l'escalier en spirale, suivi de Marty Olivetti, des valises à la main.

« …ça n'a pas d'importance que nous ayons surpris cette conversation, disait le Capitaine. Nous vous demandons de partir gentiment. Je ne veux pas d'histoires. La note du bar est pour nous. D'accord ? Nous ne voulons rien avoir à faire avec des gens qui vont dans une maison où il y a une maladie. »

C'est à ce moment-là que Marty a regardé en bas et m'a vu.

C'est là qu'il a dit : « Erick !

– Salut, Marty !

– Je ne pensais pas te voir avant demain ! a-t-il dit. Qu'est-ce que tu fabriques ici ? »

Il prononçait «fèbriques.»

Comme il s'approchait, il a regardé à deux fois quand il a vu ma tête. «Quelqu'un t'a tapé dessus, toi? Qui c'est qui t'a entraîné là-dedans?»

Il prononçait «qui t'o».

J'ai pris une profonde inspiration, et puis j'ai expiré, lentement.

Chapitre 19

Ce soir-là, j'ai emmené Marty à la maison, et il a dormi dans l'ancienne chambre de Pete.

Shawn est reparti dans le Connecticut avec la Buick.

«Je n'aurais jamais dû lui balancer ça à la dernière minute, a dit Marty. J'ai retardé le plus possible le moment de lui parler de Pete. Shawn, c'est un hypocondriaque. Il a une trouille bleue du sida. Je ne veux pas que Pete sache tout ça, Erick.»

J'ai dit à Marty que je ne voulais pas que la famille sache, pour Nicki et ma bagarre avec Jack.

Ensemble, on a concocté une histoire pour expliquer comment j'avais été tabassé, et comment on s'était rencontrés, Marty et moi.

J'ai dit qu'il y avait eu une bagarre au Bal de la bague, provoquée par des types saouls de Sainte-Famille, qui avaient débarqué. J'ai dit que je les avais pourchassés, en Saab, jusqu'au Royaume-près-de-la-mer. C'est là que j'étais tombé sur Marty; il était venu en train, puis il avait pris un taxi, mais il n'avait pas de réservation, et c'était complet.

« Je ne savais même pas que cet endroit minable marchait encore ! » a dit Maman.

Marty a dit : « C'est le nom qui m'a attiré. J'ai fait ma maîtrise sur le symbolisme dans l'œuvre de Poe. Quand j'ai vu l'endroit, c'est vrai qu'il avait l'air de sortir tout droit d'Edgar Poe ! »

Puis Marty est monté voir Pete et Jim, dans l'appartement de Pete, et Maman a insisté pour me nettoyer la figure à l'eau chaude, avec un gant de toilette.

Papa était dans son bureau, au téléphone avec le docteur Kerin. Pete avait mal supporté sa dernière séance de chimiothérapie.

« Qu'est-il arrivé à Dill ? a voulu savoir Maman.

– Elle est un peu en colère contre moi, M'man.

– Je peux difficilement la blâmer. Depuis quand cherches-tu la bagarre ?

– C'est une longue histoire, M'man. Je te la raconterai un de ces jours, d'accord ?

– Pourquoi Jack ne t'a-t-il pas aidé ? Oh, j'oubliais. Il n'aime pas danser.

– Hou ! ai-je protesté. Ça fait mal !

– Pardon… Tu penses vraiment que Shawn est allé dans sa famille ?

– Pourquoi pas ?

– Je suis trop sensible, sans doute. Quelque chose dans la manière qu'a eue Marty de cligner des yeux, très vite, quand il a dit que Shawn ne pouvait pas venir. Quand je l'ai eu au téléphone, il disait qu'il ne manquerait ça pour rien au monde. Qu'avec Shawn ils venaient de discuter sur ce qu'ils feraient pour Thanksgiving, et ils n'avaient fait aucun projet.

– Ça n'a aucune importance, M'man.

– Si, ça en a – mais je vais essayer de me sortir ça de la tête. On est tous retournés par ce qui s'est passé ce soir.

– Je sais. Grand-père a dit qu'il ne viendrait pas à Noël.

– Pas ça, mon chéri. J'avais retenu deux intérimaires pour m'aider demain. Le directeur de l'agence a appelé tout à l'heure. Madame Tompkins s'est inscrite chez lui, elle a dit qu'elle nous quittait après vingt ans de service parce que quelqu'un ici a le sida. Madame Tompkins l'a dit sous le sceau du secret, mais il a semblé au directeur qu'il ne pouvait pas nous envoyer quelqu'un… Pete a pris la communication.

– Je croyais que Madame Tompkins devait aller vivre dans l'Ohio ?

– Apparemment, elle a changé d'avis… Le pauvre Pete a pris la communication.

– Tu l'as déjà dit. Alors ? Comment il a réagi ?

– Il était atterré. Puis Jim est arrivé. On n'a pas eu le temps d'en parler… Ton œil droit n'est pas beau, Erick !

– Ça ira.

– Je suppose que maintenant tout le monde est au courant. Ça devait arriver un jour ou l'autre. J'espérais qu'on aurait un peu de temps avant que cela nous tombe dessus. Tu aurais dû voir le visage de Pete.

– Je suis content de ne pas l'avoir vu. » J'avais toujours en tête l'expression de Nicki, quand j'avais dit au Capitaine que oui, Marty venait chez nous, que c'était mon frère qui avait le sida.

C'était une expression étrange, un peu comme celle qu'elle avait quand vous lui disiez quelque chose et qu'elle essayait d'écouter une chanson en même temps, les yeux dans le vague, ne réagissant pas à ce que vous étiez en train de dire. Je ne l'ai pas quittée des yeux, tandis que le Capitaine était désolé pour mon frère, mais je pouvais me mettre à sa place, n'est-ce pas ?

Je ne sais pas ce que j'ai répondu. Marty s'est mis en colère, mais je n'ai pas enregistré ce qu'il a dit. J'essayais de rencontrer le regard de Nicki. Elle ne m'a pas regardé jusqu'à ce que je commence à m'en aller, me retourne, et dise que je l'appellerais une fois à la maison.

«Oui», a-t-elle dit. Le son de sa voix était sourd, distant.

Quand Maman a eu fini de me passer le gant sur la figure, je suis monté dans ma chambre téléphoner à Nicki.

Elle pleurait.

«Papa ne veut plus te voir ici, disait-elle. Il dit que tu n'aurais jamais dû aller dans la piscine avec un truc pareil dans ta famille.

– Ce n'est pas dans ma famille, ai-je dit. C'est juste mon frère qui l'a.

– Pourquoi tu ne me l'as pas dit, Eri?»

Je n'ai rien trouvé à répondre.

«Papa dit que si jamais ça se savait, que tu t'es baigné à la Cité-près-de-la-mer, on serait ruinés!

– Mais je ne l'ai pas! ai-je dit. Nicki?

– Quoi?

– Je ne l'ai pas, pour l'amour du ciel!

– Tu pourrais l'avoir sans le savoir, et le refiler à quelqu'un d'autre. Papa a lu ça dans un journal.

– Ce n'est pas vrai, Nicki. Je peux te le prouver, noir sur blanc !

– Peut-être je pourrais l'attraper.

– Je ne l'ai pas, Nicki ! Pete l'a, et il ne peut pas me contaminer ! Tu penses que j'aurais pu te faire ça ? lui ai-je demandé. Je t'aime. Tu penses que si je pouvais te contaminer, je… »

Elle ne m'a pas laissé finir. « Tu aurais dû me le dire, Eri.

– Je ne t'ai rien dit de ma famille. Tu n'aimes pas le cirque familial. Tu me l'as dit toi-même.

– Ça n'est pas le cirque familial. C'est quelque chose de ta famille que j'ai le droit de savoir. Eri. Eri ? Tu sais ce que je crois ? »

Je ne voulais pas savoir ce qu'elle croyait. Je redoutais ce qu'elle allait me dire.

Elle a dit : « Je crois que tu m'as choisie pour pouvoir te cacher.

– J'ai fait quoi ? (J'avais bien entendu.)

– Tu m'a choisie pour ne plus avoir à parler à Jack, comme ça tu n'étais pas obligé de leur dire, à Dill et à lui, pour ton frère. Ils ne sont pas au courant, si ? »

J'ai appuyé l'écouteur contre mon menton, sans rien dire. J'ai appuyé si fort qu'une coupure à ma lèvre s'est remise à saigner.

Nicki a dit : «Aucun d'entre eux n'est au courant, n'est-ce pas ? C'est pour ça que tu m'as choisie.

— Je croyais que c'était toi qui m'avais choisi», ai-je dit. Des larmes me coulaient sur les joues.

«Oui, c'est ce que je croyais, a-t-elle dit. Au début.

— Nicki ? (J'essayais de garder ma voix normale.) Je vais t'apporter une brochure qui parle de ça. Ça explique que tu ne peux pas l'attraper à cause d'un simple contact.

— Simple contact, a-t-elle dit, sarcastique.

— Mais je ne l'ai pas !

— Est-ce que la brochure explique pourquoi tu n'as pas dit à quelqu'un que tu es censé aimer qu'il y a ça dans ta famille ?

— Non, elle n'explique pas ça… J'essaierai de l'expliquer.

— Je ne vois pas comment tu pourras, a-t-elle dit. Je vais raccrocher, Eri.»

Je savais qu'elle était en train de pleurer, elle aussi.

«Est-ce que je peux venir, demain ? lui ai-je demandé.

— Papa ne veut plus que tu viennes.

— On peut se donner rendez-vous quelque part ?

– Pas demain, Eri. »

Puis, elle a dit : « Je t'aimais. »

Aimer, à l'imparfait. Puis le déclic, et la tonalité.

J'ai peu de souvenirs de ce repas de Thanksgiving.

Je me souviens de Jim Stanley, c'était au début, faisant tinter avec son couteau son verre de vin blanc. « Je voudrais porter un toast ! »

Il s'est levé. « Soyons reconnaissants pour tous les bons moments – les meilleurs moments du monde ! Soyons reconnaissants pour tous les bons amis – les meilleurs amis du monde ! Je bois aux doux souvenirs et à aujourd'hui ! Je bois aux Rudd ! Je bois aux amis de Pete : Marty, Stan, Tina… et je bois à Pete !… Oh, et soyons reconnaissants de ce que le petit frère de Pete ne soit pas en forme aujourd'hui, parce que je l'ai vu manger, et si Erick avait été lui-même aujourd'hui, on n'aurait pas repassé les plats ! »

Tout le monde a ri, on a trinqué.

Et je me souviens quand Papa a pris la parole. « La petite mésaventure d'Erick hier soir me rappelle une histoire irlandaise que votre ami Shawn, Marty, aurait appréciée. »

Papa avait dû sortir ses histoires irlandaises de

la naphtaline quand il avait appris qu'un nommé Shawn était invité au déjeuner.

J'ai dit : « Oh, non, il ne va pas raconter une histoire drôle, Pete, c'est très mauvais pour ce que j'ai ! » Je me forçais à être au diapason, Maman avait dit que ce serait peut-être le dernier Thanksgiving de Pete.

« Comment débute un article sur une manifestation irlandaise ? a persisté Papa.

– Et comment débute un article sur une manifestation irlandaise ? a dit Marty.

– *Parmi les blessés…* »

Papa a enchaîné avec l'histoire de la femme de Malone qui donnait du fil à retordre (elle pouvait tricoter du fil de fer barbelé avec deux ouvre-boîtes !), et une autre sur un psychiatre irlandais qui utilisait comme divan un lit de patates.

J'ai jeté un œil à l'autre bout de la table, où était assis Pete. Nos regards se sont croisés, et il a levé les yeux au plafond. Je me demandais s'il se rappelait cette nuit sur la plage, des années avant, quand nous parlions de la raison pour laquelle Papa racontait toujours des histoires drôles en société – la nuit où Pete avait fait ce cerf-volant qui prenait son vol dans le noir, vacillant au-dessus de l'océan, sa traîne phosphorescente luisant sous les étoiles.

Mon dernier souvenir de ce repas de Thanksgiving, c'est à la fin, Pete se levant pour porter un toast.

C'était après le dessert, Maman avait ouvert une autre bouteille de champagne.

Pete ne buvait pas, mais son verre était plein quand il s'est levé, mince et pâle dans son costume bleu marine, sa chemise blanche, avec sa cravate rayée bleu et blanc. Il a levé son verre, et la lumière du lustre et des bougies s'est reflétée dans le cristal.

«*Amitié, doux repos de l'âme**, a dit Pete… Vous tous, je vous aime.»

Le lundi matin, dans le couloir, devant la classe principale, Nicki m'a renvoyé ma bague avec un mot.

N'essaie pas de faire redémarrer quelque chose quand tout est fini, Eri. S'il te plaît. Laisse-moi. N.

C'était le jour où on a eu les résultats des examens, les miens étaient encore pires que les précédents.

Alors je me suis dit que je la laisserais tranquille

* En français dans le texte.

jusqu'à ce qu'elle ne puisse plus le supporter. Je ne ferais pas le premier pas.

Je ne me suis plus éloigné de la maison, alternant des accès de travail intensif et de longs rêves éveillés. Je rêvais d'elle, et ma mémoire me torturait avec les images de nos souvenirs à tous deux. Je passais et repassais la chanson de REO Speedwagon, et je nous revoyais faire l'amour à Un rêve dans un rêve, je revoyais High Horse sur le tapis, et Scatter sur le bureau qui nous regardait en louchant. Je nous ai vus à deux sur Kavin Cronin dans la piscine, avec les gratte-ciel new-yorkais illuminés le long des murs, et le rock qui déferlait dans la Cité-près-de-la-mer. Je me suis rappelé quand elle venait à ma rencontre dans les couloirs du lycée, avec ses bas résilles et le chapeau noir incliné sur un œil, et mon sang affluait; la voix voilée commençait une phrase : « Tu vois… » ; je l'aidais à enlever son blouson avec l'accident dans le dos, puis elle se retournait pour croiser ses bras derrière mon cou. A travers tout cela, il y avait l'odeur de Premier, qui enveloppait les souvenirs comme un doux brouillard nous enveloppant dans notre cocon.

A plusieurs reprises je l'ai vue au lycée, juste devant moi, et une fois, impulsivement, j'ai fait un geste, j'ai marché plus vite, et je l'ai entendue me dire «Non!» par-dessus son épaule. Et il y avait tous les messages que j'ai écrits et jamais envoyés, l'un d'eux faisait quinze pages. Elle a dû savoir, aussi, que les appels qu'elle recevait, quand personne ne parlait mais l'écoutait – «Allô? Allô?» – étaient tous de moi.

Les fois où j'ai vu Dill et Jack, aucun ne m'a regardé en face.

Je me suis habitué à être celui qui reste seul, rentrant déjeuner à la maison, ne faisant aucune tentative pour traîner avant ou après les cours.

Dans toutes mes conversations avec Pete, je n'ai jamais fait allusion à Nicki, j'ai seulement dit qu'avec Dill, c'était fini.

«Et Jack? m'a-t-il demandé une fois.

– Je crois que c'est fini aussi. On ne s'entend plus.

– C'est à cause de moi?

– Pas du tout. C'est des histoires au lycée.

– Il est au courant?

– Non.»

Je ne savais pas qui était au courant au lycée, ni même si quelqu'un, à part Nicki, l'était. Je ne savais pas non plus qui, en dehors du lycée, savait. Papa et Maman disaient que c'était une ques-

tion de jours, bientôt tout Seaville saurait la nouvelle.

«Tu devrais peut-être le dire à Jack, a suggéré
Pete. Ce qui ne va pas entre vous a peut-être en
fait quelque chose à voir avec moi. Y as-tu déjà
pensé?

— Encore un peu, et tu vas dire : Maman trouve
que tu es trop à la hauteur, l'ai-je taquiné.

— J'espère seulement que nous sommes tous assez
solides pour tout ce qui va arriver, au moment où
ça arrivera, Ricky, a dit Pete.

— Mais on va faire face tous ensemble, ai-je dit.
La famille d'abord.

— Pourquoi est-ce que, tout d'un coup, les
vieilles sornettes de Papa sonnent agréablement à
mes oreilles? a dit Pete.

— J'espère que tu ne vas pas t'inscrire au Hadefield Club. Pourvu que tu ne te mettes pas à
raconter des histoires drôles!

— Peut-être que ce truc attaque le cerveau.»
Pete a ri.

Et puis un matin, au début de la semaine de
Noël, j'ai vu qu'elle levait les yeux au moment où
je passais près d'elle dans le hall. Elle était en train
d'ouvrir son casier, elle portait une espèce de

manteau blanc très long, avec des bottes blanches, et un foulard blanc autour du cou.

Elle fumait, sur le point de laisser tomber sa cigarette et de poser le pied dessus, je l'avais vue faire tant de fois ; après elle ramassait le mégot – elle avait encore de la fumée qui lui sortait par le nez – et elle le cachait dans un kleenex, pour le jeter.

J'ai dit : « Interdit de fumer, mademoiselle, vous êtes dans l'enceinte du lycée.

– Tu vas me dénoncer ? » C'était la première phrase qu'elle me disait depuis des semaines, et elle souriait, un sourcil haussé.

« Peut-être », ai-je dit. Mon cœur cognait. Mais j'ai continué mon chemin, et elle a crié derrière moi : « Ne dis rien, Eri ! » J'ai entendu le vieux rire familier, il a déclenché tout ce que je ressentais encore ; il a fait bouillir mon sang comme autrefois. Je souriais, je ne touchais plus terre.

C'était tout ce dont j'avais besoin.

Je ne l'ai pas trouvée après les cours. Je me suis dit qu'elle était partie en vitesse, comme toujours, et je savais où j'allais, même si on m'attendait à la librairie. C'était un mardi.

J'ai fait du stop jusqu'au Royaume-près-de-la-mer.

J'ai franchi le pont-levis sous un ciel bleu comme jamais, avec des lambeaux de nuages blancs et cotonneux et le soleil qui s'enfonçait lentement pour virer au rouge et disparaître.

Cela m'était égal que le Capitaine me voie arriver, ou Toledo, et je n'ai pas été surpris qu'il n'y ait personne dans les parages quand je suis entré, parce que j'avais l'idée que c'était le moment juste.

J'ai gravi l'escalier en spirale, ému d'être de retour, et j'ai parcouru le couloir moquetté que je connaissais comme ma poche, droit vers Un rêve dans un rêve... *Tout ce que nous voyons ou paraissons n'est qu'un rêve dans un rêve.*

Scatter était roulé en boule sur le lit avec Neuf, et le placard de Nicki était ouvert, avec toutes ses chaussures à haut talon dans leurs sacs, les vêtements insensés pendus à des cintres, les cartons à chapeaux empilés par terre... Je me suis pénétré de tout cela, me rappelant ce dimanche après-midi où nous avions couru ici, trempés, frissonnants; nous venions de faire l'amour, et nous avons bondi sous les couvertures. (Il est si tard... Dehors il fait si noir... As-tu un téléphone?... Erick, pas encore... pas encore.)

Je suis allé à la fenêtre et j'ai regardé dehors.

Je l'ai vue au loin, dans les dunes.

Elle était tout en blanc, et il était tout en noir, c'était le même manteau noir qu'il portait au Bal de la bague. Je l'ai vue lui prendre la canne noire, la passer derrière ses épaules, puis l'attirer vers elle des deux mains.

Elle lui a dit quelque chose avant de se hausser sur la pointe des pieds pour rapprocher sa bouche de la sienne.

Je me suis rappelé, avant qu'on s'embrasse, elle m'avait dit : « C'est drôle, parce que j'avais toujours pensé que tu ne m'aimais pas. »

Et je me suis rappelé qu'elle avait dit un jour : « Tu vois, ce porc ne m'aime pas. »

Quand je suis rentré à la maison, Pete m'a demandé pourquoi je n'étais pas à la librairie. Il était dans la cuisine, en train de se faire un lait de poule.

« J'avais envie d'être avec toi », ai-je dit.

C'était vrai.

« J'ai terminé quelque chose, aujourd'hui, Ricky, a-t-il dit.

– Moi aussi », ai-je dit. A présent je le savais, et je savais que désormais j'étais complètement seul. « Qu'est-ce que tu viens de terminer ? » ai-je demandé à Pete.

– Tu te rappelles, *Le doux parfum des adieux* ?
Le monde où il n'y pas d'odeur, sauf quand quelqu'un va mourir ?»

J'ai acquiescé, j'aurais voulu pouvoir prendre
mon frère dans mes bras, je réalisais qu'il était seul,
lui aussi, et l'avait toujours été, même quand il était
plus jeune que je ne l'étais aujourd'hui.

«Je peux lire ?» ai-je dit.

Pete a dit oui, qu'il souhaitait que je le lise. «Je
pense qu'il y a encore un truc qui ne va pas dans le
début. Tu veux un peu de lait de poule ?

– Non. Merci.»

Je l'ai suivi dans son appartement. Il me paraissait si frêle. J'ai repensé à toutes les fois où, quand
j'étais petit, je marchais derrière lui, et j'avais
peur de ne jamais être aussi grand, aussi bien.

«Pourquoi est-ce que je ne te le lirais pas ?» a
dit Pete, en attrapant le manuscrit sur son bureau
et en s'asseyant sur le canapé.

Il a dit : «Tu te rappelles, tu es le premier sur
lequel j'ai essayé *Les Skids*. Tu disais que ça te
donnait la chair de poule.» Pete a ri. «Je n'ai
jamais oublié.

– Mais je mentais. C'est parce que je n'arrivais
pas à comprendre comment tu avais pu inventer
un truc pareil.

– Maman changeait les meubles de place quand elle était malheureuse. Moi, pendant ce temps-là, je refaisais le monde avec ma machine à écrire. »

Je me suis assis à côté de lui tandis qu'il commençait à lire.

« *Quand je me suis réveillé ce matin, il y avait dans ma chambre une odeur légère, si subtile, si exquise, elle m'émerveille. J'en connais l'origine, mais pas encore la douleur. Cela viendra, car je suis en train de changer.* » Pete s'est arrêté et m'a regardé. « Ce n'est pas tout à fait cela. Je devrais peut-être mettre : *Cela viendra, car je suis destiné à changer.*

– Il n'a pas encore vraiment changé, ai-je approuvé. Il voit seulement le changement arriver.

– Exactement, a dit Pete. D'abord la douceur… et plus tard, la fin. »